프루스트의
『잃어버린 시간을 찾아서』
읽기

세창명저산책 **111**

# 프루스트의
# 『잃어버린 시간을 찾아서』
# 읽기

**초판 1쇄 발행** 2026년 2월 25일

_

**지은이** 유예진
**펴낸이** 이병은
**기획위원** 원당희
**책임편집** 이희노　　**책임디자인** 손경화
**기획** 김명희·박준성　　**마케팅** 최성수·배근호

_

**펴낸곳** 세창미디어

　　신고번호 제2013-000003호　　주소 03736 서울특별시 서대문구 경기대로 58 경기빌딩 602호

　　전화 02-723-8660　　팩스 02-720-4579

　　이메일 edit@sechangpub.co.kr　　홈페이지 http://www.sechangpub.co.kr

　　블로그 blog.naver.com/scpc1992　　페이스북 fb.me/Sechangofficial　　인스타그램 @sechang_official

_

ISBN　978-89-5586-856-2　02860

세창명저산책

# 프루스트의 『잃어버린 시간을 찾아서』 읽기

MARCEL PROUST

111

유예진 지음

세창미디어
MEDIA

# 들어가며

이 책은 마르셀 프루스트의 『잃어버린 시간을 찾아서』를 '기억', '시간', '반전', '디테일', '유머', '사랑', '예술'이라는 일곱 개의 키워드를 중심으로 자유롭게 해설한다. 프루스트 소설의 매력은 각각의 삽화와 부분에 있으며, 책의 아무 곳이나 펼쳐서 읽어도 좋다고 한 폴 발레리의 말을 떠올려 본다.

줄리앙 그라크는 프루스트의 소설을 읽을 때마다 건축물 자체보다는 그것을 구성하는 재질의 우수성에, 유기물 조직체보다는 그것을 이루는 각 세포의 생명력에 감탄하게 된다고 밝힌다. 종국에 부분들은 서로 연결되고 전체를 향해 통일을 이루지만, 각 덩어리, 각 상념은 그 자체로 뛰어난 독립된 소작품들이다.

스포일러도 포함되어 있다. 하지만 클로드 모네의 그림이 무엇을 다루고 있는지에 관한 질문에 성당, 수련, 여인들이라고 대답한들 그건 아무 의미가 없다는 스페인 철학자 호세 오르테가 이 가세트의 말을 변명 삼아 본다. 『잃어버린 시간을 찾아서』도 줄거리를 미리 안다고 해서 독서의 즐거움과 감동이 반감되지 않는다고 믿는다.

'도둑 시인' 장 주네는 감옥에서 소설의 2편인 『꽃핀 소녀들의 그늘에서』를 처음 접한다. 수감자들에게 제공되는 책들 중에서 아무도 빌려 가지 않아 남아 있던 책이었다. 그리고 그 책의 첫 문장을 읽는다. 주네는 상당히 긴 그 첫 문장이 "너무나 강렬하고 아름다워서 거대한 격정을 예고하는 최초의 큰 횃불"임을 그 자리에서 감지한다. 문장 하나만을 읽고 책을 덮는다. "앞으로 점점 더 좋아질 일만 남아 있을 것"이라는 확신과 기대감. 첫 문장의 충격으로 하루 종일 정신을 못 차린다. 저녁이 되어 겨우 다시 책을 펼친다. 자신의 예감이 적중했음을 확인한다. 앞으로 점점 더 좋은 일만 남아 있었다.

폴란드 화가 유제프 차프스키는 2차 대전 당시 예비역 장교로 참전했다가, 소련군에게 포로로 잡힌다. 악명 높은 그랴조베츠 수용소에 수감되는데, 영하 45도의 추위 속에서 하루 종일 고역에 시달린 후 밤이면 악취 풍기는 수도원의 부엌에 모인 포로들을 대상으로 근 1년간 문학 강의를 한다. 이때 강의에서 다룬 작품이 『잃어버린 시간을 찾아서』였다. 오로지 기억에 의존하여 강의안을 글과 그림으로 채운다. 삶에 매달리기 위하여, 최소한의 인간다움을 유지하기 위하여, 그렇게 "무너지지 않기 위하여".

프루스트가 우아한 귀부인들의 한가로운 사교계를 묘사했다고 해서 『잃어버린 시간을 찾아서』 읽기를 사치스러운 행위로 치부한다면, 그것은 너무나 귀한 것을 놓치는 아까운 손실이리라. 프루스트 읽기는 나와 인간을 보다 깊이 이해하고 포용하고 싶은 이들에게, 나의 삶을 보다 필연적인 것으로 만들고 싶은 모든 이들에게 권하고픈 실천적인 행동이다.

간접적인 프루스트 읽기 경험을 최대한 살리고자 프루스트의 글 자체를 되도록 자주, 통으로 따왔다. 학술적인 목적을 띤 책이 아니기에 주석은 프루스트 원문의 출처를 밝히는 데 한정했다. 책 속 프루스트 인용문은 필자가 프랑스어 원문을 우리말로 옮긴 것이다.

2026년 2월<br>유예진

# 차례

**일러두기**

---

1. 본문에 인용한 『잃어버린 시간을 찾아서』는 저자가 원문을 직접 번역한 것이다. 번역 대본은 갈리마르 출판사의 4권으로 구성된 플레야드판이다. 권수에 이어 쪽수만 표기했다. *À la recherche du temps perdu*, 4 vol., Jean-Yves Tadié (éd.), Gallimard, Pléiade, 1987-1989.
2. 단행본으로 출간된 책의 제목은 『 』, 단편, 시, 기사의 제목은 「 」, 잡지, 신문, 음악 및 미술 작품의 제목은 〈 〉 안에 표기했다.

1

—

## 기억

　사람이 살면서 특별한 희열, 지고의 행복을 느끼는 경우가 간혹 있다고 한다. 간절히 무엇을 바라거나 오랜 수행의 결과로, 혹은 전혀 예상치도 못한 순간 찾아온 놀라운 깨달음일 수도 있다. 수도자가 경험하는 신앙적인 계시일 수도 있고, 과학자의 유레카, 예술가를 섬광처럼 엄습하는 영감일 수도 있다. 물론 그런 근원적인 희열에 온 존재가 휩싸이는 경험을 평생 한 번도 하지 못하는 사람이 더 많을 것이다. 그러나 그런 전율을 경험하는 그 순간만큼은 시간을 초월한 듯하여 죽음조차도 두려워하지 않게 되고, 비루하다고만 여겨지던 나의 존재의 의미를 비로소 발견한다. 그런 전율을 한 번 경험한 이는 자신을 둘러싼 세상이 바뀐 듯한 느낌을 받는다. 세상은 그대로인데 자신의 인식이 새로워짐으로써 자신이 속한 세상 또한 새로워진다.

프루스트에게는 비의지적 기억(involuntary memory)이 바로 이런 특별한 희열을 가능하게 해 준다. 비의지적 기억에 의해 되찾은 과거가 현재에 의미를 부여하고 미래를 결정짓는다. 비의지적 기억은 잿빛으로 보이던 우중충한 그의 삶을 형형색색으로 탈바꿈시키며, 경험의 찌꺼기에 가려져 있던 찬란한 진리, 삶의 진정한 실재를 드러낸다.

그런데 비의지적 기억이 작동하기 위해서는 현재의 특정 감각이 과거의 감각과 연결되어야 한다. 이런 연결 짓기는 과거와 현재에 공통되는 감각을 촉발시킨 매개물을 기억의 주체가 만날 때 가능하다. 그리고 이와 같은 매개물과의 만남은 삶의 우연이 선물한다. 그런 매개물을 의지적으로 노력해서 찾으면 이미 헛되다. 비의지적 기억의 정의상 과거와 현재의 감각을 품고 있는 매개물과의 만남은 우발적이어야 하기 때문이다.

다음 장면에서 어른 마르셀이 행복한 유년기를 보냈던 콩브레를 의식적으로 회상할 때면 떠오르는 무미건조하고 딱딱한 이미지들에 회의를 느끼는 것을 볼 수 있다. 진정한 콩브레, 다른 누구의 것과도 차별되는 그만의 콩브레를 더 이상 되살려 낼 수 없음에 안타까워한다. 이 장면은 바로 다음에 이어질 마들렌 에피소드에 대한 전조처럼 읽힌다. 진정한 콩브레가 부활할 것이라는 막연한 기대감이 깔려 있고, 곧이어 실제로 내면 깊숙이 묻혀 있던 콩브레가 화려하게 부활한다.

솔직히 만약 누군가가 물어보았다면 나는 콩브레가 그것 외에 다른 것들도, 다른 시간들도 존재한다고 대답했을 것이다. 하지만 그렇게 해서 내가 떠올리는 것은 의지적 기억, 지성의 기억이 제공하는 것에 불과하기에, 그렇게 해서 얻은 과거의 정보들은 진정한 콩브레와 전혀 다른 것이었고, 나는 그런 것들을 굳이 떠올리고 싶지 않았다.

— 『스완네 집 쪽으로』[1]

어느덧 중년에 접어든 마르셀에게 비의지적 기억을 작동시키는 매개물이 되는 것은 버터가 듬뿍 들어간 조가비 모양의 마들렌 과자다. 혀끝에서 느껴지는 따뜻하고 부드러운 감촉, 입안 전체에 퍼지는 달콤한 맛, 그리고 코를 자극하는 향기는 바로 어린 시절 마르셀이 콩브레에서 지내던 걱정 없던 시절, 일요일이면 성당에 미사를 가기 전 2층에 누워 있는 레오니 아주머니 방에 들러 인사할 때 그녀가 준 마들렌의 그것과 연결된다. 현재와 과거의 공통된 감각이 마들렌이라는 매개물을 통해 연결됨으로써, 갇혀 있던 과거 마르셀의 시간과 장소와 온갖 인물들이 모두 해방된다. 우연히, 의도하지 않은 상태에서, 즉각적으로 되살아난 과거. 그것이야말로 진정한 나의 과거이며 그것을 가능하게 한 것은 비의지적 기억이다.

다음은 프루스트가 소설 1편의 출간에 맞춰 어느 일간지에서 진행한 대담의 일부다.

제게 의지적 기억이란 우선 지성의 기억, 혹은 눈에 의한 기억이라고도 할 수 있습니다. 이러한 기억은 진실이 결여된 표면만 간직한 과거를 보여 줍니다. 하지만 전혀 다른 상황에서 감지하게 된 과거의 향이나 맛은 우리의 의지와는 상관없이 그것에 얽힌 과거를 펼칩니다. 이렇게 펼쳐지는 과거는 우리가 알고 있다고 생각한 과거, 다시 말해 별 볼 일 없는 화가가 진실이 결여된 색깔로 그린 그림과도 같은 의지적 기억에 의해 떠올린 과거와 얼마나 다른지를 보여 줍니다. 1편에서 독자는 '나'의 입장에서 이야기하는 화자가(소설 속 '나'는 작가인 저와는 아무 상관 없는 사람입니다) 차에 적신 마들렌의 맛을 통해 순식간에 잃어버린 과거, 정원과 사람들을 되찾는 과정을 볼 것입니다. 물론 화자는 과거를 기억하고 있습니다만 의지에 의해 기억하는 과거는 매력 없는 무미건조한 과거입니다. 제가 알고 있는 재미있는 일본식 놀이가 있는데, 아주 작고 고집스럽게 접힌 종잇조각을 물에 넣으면 순간적으로 종이가 활짝 펼쳐지며 꽃도 되고 사람도 되는 놀이입니다. 이와 마찬가지로 제 소설에서는 향긋한 차 한 잔에서부터 콩브레의 정원과 비본느 강의 수련들, 마을 사람들과 성당, 이 모든 것들이 펼쳐집니다.

— 〈르탕〉 대담 기사, 1913년 11월[2]

여기서 작가는 기억을 두 종류로 나눈다. 의지적 기억은 눈과 지성에 의한 기억이라 정의한다. 의지적 기억이 소환하는 과거는 표면적 과거이고 이런 과거에는 진실이 없다고 한다. 우리가 일반적으로 떠올리는 과거라고 생각하면 될 듯하다. 의지를 가지고, 즉 의식적으로 노력하여 떠올리는 과거다. 그런데 프루스트는 이런 과거는 진정한 실재와 얼마나 다른지를 강조한다. 객관적이고 사전적인 정보들로 가득한 과거는 사실일 수는 있어도 그것을 다른 누구와도 같을 수 없는 개별적이며 독립적인 '나'가 경험한 주관적인 과거는 아니다. 프루스트에게 이런 의지적 기억에 의해 소환된 과거는 아무 의미가 없다. '나'의 과거를 되살릴 수도, 되찾아 줄 수도 없다.

반면 비의지적 기억은 순간적, 우발적, 감각적이다. 단숨에 벌어지고, 의지가 결여되어 있기에 우연이 개입하며, 지성이 아니라 본능에 가까운 감각 기관의 자극에 의해 촉발된다. 이와 같은 작용 원리에 의해 소환된 과거는 독립적인 개체로서 내가 경험한 나만의 과거, 같은 시간과 같은 공간을 공유한 타인이 있을지라도 그의 그것과는 그럼에도 구분되는 나만의 과거다. 이런 과거에는 그래서 진리가 있다.

한 걸음 더 나아가 프루스트는 비의지적 기억을 예술 작품의 소재로 다룰 것을 선언한다.

이렇듯 저는 예술가라면 바로 이러한 비의지적 기억 속에서만 작품의 우선적인 소재를 찾아야만 한다고 생각합니다. 말 그대로 비의지적이기 때문에 이러한 기억들은 같은 순간을 나누는 동질감에 의해 서로에게 끌리며 형성됩니다. 이러한 기억들이야말로 진정성을 띠고 있습니다. 또한 이러한 기억들은 기억과 망각이 적절히 조화된 상태에서 떠올려지게 마련입니다. 마지막으로 비의지적 기억은 과거의 상황과는 전혀 다른 상황에서 그때와 동일한 감각을 떠올리기 때문에 이런 기억은 그런 감각에 필연성을 부가하고, 시간을 초월하는 본질을 깨닫게 합니다. 이러한 본질은 아름다운 문체가 담고 있는 내용이기도 하며, 오로지 문체의 아름다움만이 번역할 수 있는 보편적이고 필연적인 진리입니다.

— 같은 글[3]

기억은 마들렌의 경우처럼 지고의 행복을 느끼게 하기도 하지만, 다음 '마음의 간헐(Intermittences of the heart)' 장면에서처럼 절대적 슬픔을 불러일으키기도 한다. 어떤 감정을 야기하든 이는 비의지적 기억만이 수행할 수 있는 기능이다. 우발적, 감각적, 즉각적 반응이 있어야 한다. 지성과 의지가 개입하는 순간 객관적이며 사실적인 실재가 재현될 수는 있어도 그것은 나의 진정한 과거는 아니다.

마르셀에게 엄마와 외할머니(이하 할머니)는 가장 사랑하는 사람들이다. 둘은 종종 동일 인물 같은 인상을 주기도 한다. 둘 모두 마르셀에게 고전 문학에 대한 취향을 전수하는데 특히 17세기 프랑스 서간문 작가로 알려진 세비녜 부인의 편지를 즐겨 인용한다. 물론 둘 모두 마르셀을 끔찍이 사랑한다. 마르셀의 기차 여행에 한 번은 할머니(발베크 여행)가, 다음번에는 어머니(베네치아 여행)가 동행한다. 할머니가 돌아가시자 어머니는 딸로서 깊은 슬픔에 잠긴 채 상복 차림을 하고 아들의 베네치아 여행에 동참한다.

많은 프루스트 독자들이 소설 속 감동적인 장면 중 하나로 마르셀이 할머니의 완전한 상실을 깨닫는 에피소드인 '마음

아델 베른카스텔(Adèle Berncastel, 1824-1890).
프루스트의 외할머니.

잔느 베유(Jeanne Weil, 1849-1905).
프루스트의 어머니.

의 간헐'을 꼽는다. 할머니는 3편 『게르망트 쪽』에서 요독증으로 고통을 받다가 사망한다. 할머니의 힘든 투병 생활과 임종을 지켜보는 마르셀은 스스로 놀랄 정도로 슬픔을 느끼지 못한다. 할머니가 고통에 마비되어 정신이 오락가락하는 모습이 낯설고, 하물며 짐승 같다는 생각까지 들자 마르셀은 슬픔이 아닌 죄책감을 느낀다.

장례를 치르고 수 개월이 지난 여름, 4편 『소돔과 고모라』에서 마르셀은 두 번째로 발베크를 방문한다. 첫 방문은 할머니와 함께였다. 그리고 두 번째 방문으로 발베크에 도착한 날 저녁, 예고 없이 '마음의 간헐'이 찾아온다. 몸을 굽혀 구두끈을 푸는 순간 온몸이 격렬하게 흔들린다. 마르셀은 할머니를 마침내 잃어버렸음을, 절대로 그 전으로 돌아갈 수 없음을 절감한다. 여기서 비의지적 기억을 촉발시키는 매개가 되는 것은 구두끈이다.

첫날 밤부터 피로로 인해 심장이 죄어 옴을 느낀 나는 고통을 달래느라 구두를 벗기 위해 느리고 신중하게 몸을 굽혔다. 구두의 첫 단추를 막 끄르려는 찰나, 무언지 알 수 없는 경이로운 존재가 가슴을 엄습해 오며 벅차올랐다. 흐느낌이 내 몸 전체를 관통했고, 눈물이 뺨을 타고 철철 흘러내렸다. 내게 도움의 손길을 주러 온 존재, 메마른 영혼으로부터 나를 구원하러 온 존재는 몇 년 전, 지금과 동일한 절망과 고독의 순간, 내가 조금도 나 자신이지 않았던 순간에 내 안에 들어와 나 자신을 되찾아 준 존재였다(틀은 내용물보다 더 중요한 것이고, 틀은 내용물을 내게 가져다주었다). 나는 기억 속에서 피로감에 휩싸인 나를 내려다보던 온유하고 근심에 잠긴, 실의에 빠진 할머니의 얼굴을 보았다. 그것은 발베크에 도착한 첫날 저녁 할머니의 얼굴이었다. 보고 싶은 마음이 들지 않는다고 내 스스로도 놀라고, 내 자신을 비난하게 만들었던 할머니의 얼굴, 그녀의 이름만을 가지고 있는 얼굴이 아닌, 진정한 할머니의 얼굴이었다. 샹젤리제 산책 중 할머니가 첫번째 심장 발작을 일으킨 이후, 나는 처음으로 그녀의 완전하며 비의지적인 살아 있는 실재를 기억 속에서 되찾았다.

— 『소돔과 고모라』[4]

프루스트는 할머니의 죽음을 실감하는 위 에피소드를 소설에 삽입하기 전, 문예지에 먼저 발표한다. 1921년, 즉 사망하기 1년 전에 '마음의 간헐'이라는 제목으로 위 장면을 〈신프랑스평론〉에 게재한 것이다.

그런데 프루스트는 소설의 구상 초기에 자신의 소설이 지금처럼 방대한 분량이 될지 스스로도 알지 못했다. 단순히 1편과 2편으로 구성된 대칭 구조의 소설을 생각했고, 각 편의 제목으로『잃어버린 시간』과『되찾은 시간』을 염두에 두었다. 그리고 작품의 전체 제목으로『마음의 간헐』을 고려했다. 그만큼 이 테마는 프루스트에게 중요했다.

한국도 그렇지만 프랑스에서도 '간헐적인', '간헐성' 등은 일상에서 자주 쓰는 표현은 아니다. 불규칙적인 시간 간격을 두고 반복적으로 물줄기를 내뿜는 '간헐천'이 제일 먼저 생각난다. 프루스트에게 마음의 법칙은 간헐성과 연관되어 있었다. 특히 예고 없이 갑자기 들이닥치는 강렬한 슬픔이, 희열이 마르셀의 존재 전체를 휩쓰는 경우, 그것은 언제나 비의지적 기억에 의한 것이다.

'마음의 간헐'이 있다면 '기억의 간헐'도 있다. 특정 기억이 불규칙한 시간적 간격을 두고 되살아날 수 있다. 특히 사랑과 관련된 기억이 그렇다. 사랑의 기억은 완전히 사라졌다가도 예기치 않은 순간 강렬하게 부활하여 나의 온 존재를 뒤흔들어 놓기도 한다.

그녀에 대해 생각하지 않고 지낸 시간이 지나치게 길어져 삶의 원칙이기도 한 기억의 연속성이 끊어져 버렸다. 그러나

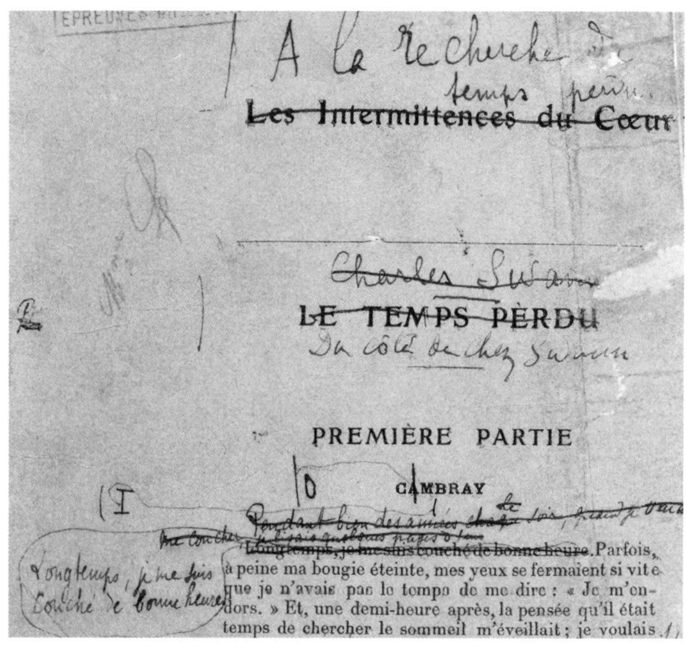

소설 첫 페이지 교정쇄. 초기에 고려했던 전체 제목인 『마음의 간헐(Les Intermittences du Cœur)』에 줄을 긋고, 그 위에 손글씨로 『잃어버린 시간을 찾아서(À la recherche du temps perdu)』를 적어 넣었다. 1편의 제목으로 고려했던 『잃어버린 시간(Le Temps perdu)』에도 줄을 긋고, 그 위에 『샤를 스완(Charles Swann)』이라고 적었다가, 그것에도 줄을 긋고, 최종적으로 『스완네 집 쪽으로(Du côté de chez Swann)』를 적었다. 제목에 대해 고심한 흔적이 역력하다. 소설의 그 유명한 첫 문장도 마찬가지다. "오랫동안, 나는 일찍 잠자리에 들었다(Longtemps, je me suis couché de bonne heure)"에도 수정에 수정을 한 것을 볼 수 있다.

중단된 연속성은 중간 휴지 이후 다시 이어질 수도 있다. 알베르틴이 살아 있을 때 그녀에 대한 나의 사랑이 그렇지 않았던가? 그녀에 대해 생각하지 않고 지낸 기간이 길어도 사랑은 다시금 이어질 수 있었다. 나의 기억은 같은 법칙을 따랐는데, 긴 휴지를 견디지 못하고 기억은 알베르틴이 죽은 다음에 북극의 오로라처럼 내가 그녀에게 가지고 있던 감정을 반사시켰다. 그것은 사랑의 그림자 같았다. 현재의 나는 알베르틴을 더 이상 사랑하지 않았고, 그녀를 사랑했던 나는 죽었다.

—『사라진 알베르틴』[5]

과거의 내가 죽었다면, 죽은 나는 다시 살아날 수도 있다. 부활을 가능하게 하는 것은 매우 사소한 우연과 계기들이다. '마음의 간헐'과 같은 원칙을 따르는 '기억의 간헐'이 작용한다. 할머니를 여읜 후 상실에 따른 고통이 시간 간격을 두고 예고 없이, 우발적으로 마르셀을 엄습하듯이 질베르트, 혹은 알베르틴에 대한 사랑의 기억은 내면 깊은 곳에 침잠해 있다가 뜬금없이 솟구쳐 오른다. 이때 그 사랑의 강도는 질베르트에게 한창 빠져 있었을 때 느꼈던 강도나, 알베르틴이 살아 있을 때 느꼈던 그것보다 조금도 덜 하지 않다.

사랑의 실제 대상이 죽었건, 아니면 인식의 주체가 느꼈던 사랑이 완전히 식었건, 그것은 중요하지 않다. 사랑의 기억이 간헐적으로 마르셀을 찾아와 그를 예전과 똑같은 정도로 뒤흔들어 놓고 고통을 느끼게 한다.

> 종종(우리네 삶은 선형적이지 않고, 시대착오적 혼동이 여러 연속된 날들에 개입하고는 하기에) 나는 전날이나 전전날, 혹은 그보다 더 이전 과거의 날들, 질베르트를 사랑했던 날들에 살고는 했다. 그럴 때면 그녀를 보지 못한다는 사실이 과거에 그랬던 것처럼 나를 고통에 빠뜨렸다. 그녀를 사랑했었던 나는 이제는 거의 완전히 새로운 나로 대체되었음에도 과거의 내가 돌아왔는데, 그때의 나를 되돌려준 것은 종종 중요한 사건이 아닌 매우 사소한 것들이었다.
>
> —『꽃핀 소녀들의 그늘에서』[6]

현재의 감각이 매개물을 통해 과거에 느꼈던 공통의 감각

을 소환하면서 그것과 연결되어 있던 잃어버린 시간이 비의
지적 기억에 의해 소생된다. 매개물로 작용한 것이 1편에서는
마들렌이었고, 4편에서는 구두끈이었다면, 7편에서는 무려
세 개나 된다. 고르지 못한 포석, 찻잔에 부딪히는 수저, 그리
고 빳빳하게 풀 먹인 냅킨이 그것이다.

다음은 7편에서 폭포수처럼 쏟아지는 연속적인 비의지적
기억에 의한 희열의 경험이다. 마르셀은 게르망트 대공의 저
택에 들어가기 전 안마당을 가로지르던 중, 울퉁불퉁하게 깔
린 포석에 발부리가 걸려 휘청인다.

거의 즉각적으로 나는 그것을 알아봤다. 바로 베네치
아였다. 그것을 묘사하기 위한 나의 노력들, 내 기억이 찍
은 즉석 사진들은 결코 아무것도 말해 주지 못했던 그 베
네치아였다. 그 순간 산마르코 세례당의 두 불균형한 포
석 위에서 내가 느꼈던 감각은 지금 내가 느낀 다른 모든
감각들과 더불어 기다림 속에서, 자신의 대열에서 갑작
스러운 우연에 의해 잃어버린 나날들의 연속으로부터 강
제로 끌려나왔다. 작은 마들렌의 맛이 내게 콩브레를 떠

올린 것과 마찬가지였다. 그런데 콩브레와 베네치아의 이미지들은 어째서 각 순간에 내게 확신에 가깝고도 그 자체로 충분한 기쁨을, 죽음조차도 별것 아니게 여기게 할 만한 기쁨을 준 것일까? … 바로 그 순간 두 번째 경고가 두 개의 불균형한 포석들이 불러일으켰던 느낌을 강화시키며 내가 임무를 수행하는 데 전념할 수 있도록 더욱 격려했다. 하인 한 명이 소리를 내지 않으려고 온갖 주의를 기울였음에도, 들고 있던 찻잔에 수저가 부딪히며 소리를 냈다. 포석들이 내게 주었던 것과 같은 희열이 나를 엄습해 왔다. 거대한 열기와도 같은 감각이, 다른 성질의 것이 나를 휘감았다. … 수저가 찻잔에 부딪히며 내는 소리는 내가 정신을 가다듬을 시간도 주지 않은 채 작은 숲을 지나던 기차가 잠시 멈추고 기차 바퀴의 무엇인가를 수리하느라 직원이 내리치던 망치 소리를 떠올렸다. 그날은 나를 절망에서 구해주고 문학에 대한 나의 믿음을 회복시키기 위해 계시가 쏟아져 내리는 것 같았다. 게르망트 대공 저택에서 오랜 기간 일해 오던 집사가 나를 알아보고는 나를 서재에서 잠시 기다리도록 안내하면서

작은 다과들과 오렌지 주스를 가져다주었고, 나는 그것
들과 함께 건네준 냅킨으로 입가를 닦았다. 그런데 그 순
간『천일야화』속 인물에게만 보이는 충실한 요정, 그를
먼 곳으로 이동시켜 줄 수 있는 요정을 나타나게 만든 의
식을 수행한 것처럼 내 눈앞에 새로운 푸른 수평선이 나
타났다. … 하인이 바닷가를 향한 창문을 연 것만 같았고,
나는 밀물이 들어와 있는 방파제를 따라 산책하기 위해
서재에서 나가야만 할 것 같았다. 입을 닦을 때 사용한 냅
킨은 내가 발베크에 도착한 첫날 창문 앞에서 몸의 물기
를 닦기 위해 그토록 애쓰며 사용했던 수건과 똑같은 뻣
뻣함과 풀 먹인 정도를 지니고 있었다. 지금 게르망트 대
공의 서재에서 그 냅킨은 펼쳐진 면과 주름 잡힌 부분들
에 골고루 담겨 있던 바닷빛의 녹색과 파란색의 깃털을
공작새의 꼬리처럼 활짝 펼치고 있었다.

―『되찾은 시간』[7]


현재의 마들렌이 과거 레오니 아주머니가 주시던 마들렌
과 연결되어 콩브레의 시간과 장소와 사람들이 활짝 펼쳐졌

존 러스킨이 그린 산마르코 성당 남쪽 문의 일부. 『베네치아의 돌들』에 실린 도판(1851).

던 것처럼, 현재의 포석은 과거의 베네치아 포석과 연결된다. 게르망트 대공 저택 안마당의 포석은 과거 당신의 모친을 애도하면서도 아들과 함께 베네치아 여행에 나선 어머니의 모정과 비탄을, 산마르코 성당 안 그리스도의 세례를 표현한 모자이크 앞에서 느낀 예술에 대한 열망을 부활시킨다. 찻잔을 받친 접시 위에서 달그락거리는 수저 소리는 과거 여행길에서 잠시 멈춰 선 기차의 바퀴를 내리치던 쇠망치 소리를 떠올린다. 입가를 닦은 빳빳한 냅킨은 발베크를 처음 방문했을 때 몸을 닦기 위해 사용한 과하게 풀 먹인 수건으로 연결되고, 그 수건에서부터 바닷가 소녀들의 무리가, 알베르틴에 대한 사랑이, 화가 엘스티르의 미술 강의가 "공작새의 화려한 꼬리 깃털처럼" 펼쳐진다.

촉각, 미각, 후각, 청각 등 온갖 감각이 자극받아 내면의 심연 속 깊이 묻혀 있던 과거를 소생시키지만, 그러한 과거의 본질이 수면 위로 떠올라 구체적 형태를 띤 채 지속되기 위해서는 글쓰기가 필요하다. 그리고 그와 같은 글쓰기를 밀어붙일 수 있는 힘은 모순적이게도 그토록 그 힘을 부정한 지성에서 나온다.

프루스트는 『잃어버린 시간을 찾아서』를 집필하기 전에 『생트뵈브에 반대하여』라는 제목의 비평서를 구상한 적이 있다. 미완성으로 남은 해당 비평서의 서문에서 프루스트는 이미 지성의 한계와 특권에 대해 명확히 인식하고 있었다. 감각 대비 지성이 할 수 있는 일과 할 수 없는 일을 명쾌하게 풀이한다. 『잃어버린 시간을 찾아서』에서 펼칠 기억론에서 감각과 지성의 역할이 이미 여기 다 담겨 있다. 서문의 시작과 끝을 비교해 보자.

서문은 다음과 같이 시작한다.

매일 나는 지성에 중요성을 덜 둔다. 매일 나는 작가가 예술의 유일한 질료인 과거의 인상을 되찾기 위해서는, 다시 말해 자신의 내부에 도달하기 위해서는 지성 외의 것으로 해야 한다는 사실을 더 잘 이해한다. 지성이 과거의 이름으로 우리에게 보여 주는 것은 과거가 아니다. 영혼이 육신을 떠나면 특정한 사물로 옮겨 간다고 믿는 대중 민담처럼 우리의 삶의 매시간은 죽으면 특정한 사물에 깃든다. 살아가면서 다시 그 사물을 대면하지 않는

한 우리의 삶을 이루는 시간들은 그 사물에 영원히 갇힌
다. 그것을 통해 우리는 잃어버린 시간을 알아보고, 그 시
간의 이름을 부르면 그것은 자유를 찾는다. 시간을 가두
어둔 사물―혹은 감각, 왜냐하면 모든 사물은 우리와의
관계 속에서 감각이기 때문에―을 우리는 살면서 결코
만나지 못할 수도 있다.

―『생트뵈브에 반대하여』 서문[8]

그리고 서문은 다음과 같이 끝난다.

　하지만 지성의 진리가 조금 전에 내가 언급한 감정의
신비보다는 덜 소중하다고 해두, 지성의 진리만이 갖는
중요성이 있다. 작가는 시인만은 아니다. 우리 시대에 뛰
어난 예술 작품들은 위대한 지성이 표류하면서 남긴 잔
재에 불과하다고 할 수 있는데, 드문드문 모습을 나타내
는 감정의 보물들을 엮을 때 이 세기 가장 뛰어난 작가들
도 지성의 실타래로 했다. … 내가 이 글을 시작하면서 말
한 지성의 열등성에 관한 문제는, 예술가와 가장 중요하

게 관련되었음을 깨달을 수 있을 것이다. 이 같은 지성의 열등성은 그럼에도 지성만이 밝힐 수 있다. 지성이 최고의 자리를 차지할 수는 없지만 그것이 누구에게 허락될지를 정할 수 있는 것도 지성이기 때문이다. 가치의 서열에서 만년 2등인 지성이지만 1등을 차지하는 것은 본능이라는 선언도 오로지 지성만이 내릴 수 있다.

— 같은 글[9]

과연 프루스트식 모순을 여기서도 찾아볼 수 있다. '의지적 기억:비의지적 기억=지성:감각'이라는 등식을 세우고 오로지 비의지적 기억만이, 감각이 되살린 과거만이 진정한 실재라고 그렇게 강조한 후에 바로 이어서 자신이 한 말을 뒤집는다. 그토록 피해야 할 지성이건만, 감각에 비해서는 너무나 보잘것없는 지성이지만, 그래도 감각이 되살린 과거에 형태를 부여하고 구체적인 표현을 입혀 단단하게 만들 수 있는 것도 오로지 지성만이라고 추켜세운다. 프루스트는 정말이지 모순덩어리다.

"아직 내게 시간이 있을까?"라는 질문과 동시에 "나는 아직 그것을 할 만한 상태인가?"라고도 자문했다. "밀알이 살아 있으면 그것은 한 알로 남지만, 죽음으로써 많은 열매를 맺는다"는 말처럼, 질병은 엄격한 고해성사 신부처럼 나를 사교계로부터 멀어지게 하여 나를 죽임으로써 나를 살렸지만, 질병은 나를 쉬운 길로 가게 만들었을 게으름에 내가 빠지지 못하게 도울 수도 있을 것이다. 이미 오래 전, 특히 내가 알베르틴을 사랑하기를 멈춘 순간 각별하게 깨닫게 된 사실은 질병이 나의 힘을, 나의 기억력을 감퇴시켰다는 것이다. 그런데 기억에 의해 인상들을 다시 빚고, 이어서 그것들을 심화시키고, 밝히고, 변모시켜 지성의 대응물이 되도록 만드는 것이야말로 조금 전 게르망트 대공의 서재에서 내가 깨닫게 된 예술 작품의 필수 조건 중 하나, 예술 작품의 본질에 가까운 것 아니겠는가?

— 『되찾은 시간』[10]

이렇듯 비의지적 기억은 프루스트에게 그가 제작해야 할

책의 기둥이자, 책이 존재하기 위한 필수 조건이다. 비의지적 기억에 의해 잃어버렸던 여러 명의 '나'를 되찾을 수 있고, 그렇게 해서 되찾은 다양한 '나'는 현재의 '나'와 연결되어 비로소 의미를 갖게 되기 때문이다. 콩브레의 정원에서 한가로운 오후면 나무 그늘 아래에서 독서를 하던 '나', 라 베르마의 연극을 관람하기 전 지나치게 흥분하여 열에 들뜨던 '나', 알베르틴의 거짓말을 발견하고 죽을 만큼, 그녀가 죽기를 바랄 만큼 괴로움을 느끼던 '나' 등은 모두 마르셀이기는 하지만 현재의 마르셀은 아니다.

이렇게 존재했었으나 더 이상 살아 있지 않은 여러 명의 나를 되찾을 수 있는 방법은 비의지적 기억이다. 그렇게 해서 과거 여러 명의 나가 부활하는 순간 지금의 나는 온전한 나의 실재를, 충만한 삶의 본질을 되찾고 거의 육체적인 희열을 느끼게 된다.

그런데 이런 삶의 진리를 깨닫고 이를 완성하기 위해서는 마지막 한 단계가 더 남아 있다. 마르셀은 "그러한 기억이 지성의 대응물에 해당하는 무엇이 되도록 심화시키고 빛을 비추고 변모시켜야 할 것"이다. 즉 내가 기억으로부터 받은 최상의 기쁨을 느끼는 데에 그치지 않고, 그것에 구체적인 형상을 입혀 고정시켜야 한다. 잃어버린 과거가 감각을 통한 비의지적 기억에 의해 부활하고, 그로 인해 떠오르는 추상적이고 비가시적인 이미지들에 실질적인 형태를 부여하기. 『프랑스 대혁명 이후의 소설(Le roman depuis la Révolution)』에서 프루스트를 살핀 미셸 레몽은 『잃어버린 시간을 찾아서』는 '기억의 모험'에 관한 소설이라고 정의한다. 인간의 행동을 묘사하는 것이 아니라, 인간의 정신 속에서 벌어지는 일을 이야기하는 데 온 힘을 쏟는 소설이라는 진단에 공감한다.

그런데 비가시적인 실재에 구체적 형태를 부여하는 것을 가능하게 만드는 것은 지성이다.

프루스트는 의지적 기억을 지성에 의한 기억이자 눈에 의한 기억으로 실재의 본질이 아닌 표면만을 담은, 서투른 화가가 그린 초상화에 비유했었다. 하지만 비의지적 기억이 시작한 작업을 이어받아 예술 작품이라는 구체적인 대응물로 전환시키는 그 다음 단계를 수행하고 끝내 완수할 수 있는 것은 모순적이게도 지성이다.

감각이 되살린 과거를 지성에 의지하여 완성하리라고 소

설 마지막 장면에서 선언하는 미래의 책. 그러나 그것은 독자가 그 장면에 도착하기까지 읽은 바로 그 책, 즉 『잃어버린 시간을 찾아서』다. 미래의 책이 독자가 들고 있는 현재의 책이자, 지금까지 긴 시간을 보내며 읽은 과거의 책이라는 프루스트식 모순이 다시 한번 증명된다. 프루스트는 소설에 내용과 형식의 일치를 이루어냈다. 모순으로 가득한 이론을 모순으로 가득한 픽션으로 구현했다.

# 2

## 시간

시간이라는 추상적인 개념을 어떤 구체적인 표현을 입혀서 구현할 수 있을까? 이와 같은 다소 비실용적인 질문에 그래도 나름의 답을 제시하고자 하는 사람들은 늘 있기 마련이다. 그가 과학자라면 아인슈타인의 이론에 기대어 학술적인 언어로 우리를 이해시키고자 인내심을 발휘할 것이다. 음악가라면 바그너가 26년에 걸쳐 작곡한 서사 악극이자 총 연주 시간만 15시간이 소요되는 〈니벨룽의 반지〉를 들으러 바이로이트 축제에 참석해 보라 권유할 것이다. 화가라면 신생아의 탄생, 파릇한 처녀들의 무리, 죽음을 앞둔 노인 등이 4미터 화

폴 고갱, 〈우리는 어디서 왔고, 무엇이며, 어디로 가는가〉, 1897년.

폭에 담긴 폴 고갱의 〈우리는 어디서 왔고, 무엇이며, 어디로 가는가〉 앞에 서 보라고 할 것이다. 그가 소설가라면 프루스트의 『잃어버린 시간을 찾아서』 완독을 권하리라. 프루스트를 읽기 전과 후, 독자는 시간의 본질에 대해 나름의 깨달음을 얻게 된 새로운 나를 맞이하게 될 것이다.

조르주 풀레는 『인간의 시간에 대한 연구(Études sur le temps humain)』에서 소설의 첫 장면에서 화자가 깨어나는 순간을 태초 인간의 탄생에 비유한다. 자신이 어디에 있는지, 누구인지 모르는 상태로 각성하는 화자는 기억이 없는 인간이다. 자신이 과거에 어떤 사람이었는지 모르기 때문에, 현재 자신이 누구인지 모른다. 과거가 없는 인간은 그래서 최초의 인간이다. 각성하는 현재의 이 순간은 모든 과거로부터 분리된 순간으로, 시간의 연속성이 파괴되었음을 뜻한다. 그가 유일하게 아는 것은 그저 그가 '거기에 있다'는 사실이다. 다만 각성의 초기에는 '거기'가 어디인지도 모른다. 불특정한 시간과 공간의 지표 위 어딘가를 차지하고 있다는 사실만을 알 뿐.

깨어나는 화자 주변으로 그동안 지냈던 여러 방들, 읽었던 책 속 인물들, 삶의 다양한 시기들이 빙글빙글 원을 만들며 춤을 춘다. 마술 환등기에서부터 전설 속 인물과 풍경이 마르셀의 방 벽에, 커튼에, 가구에 투영되며 이동하듯이, 막 깨어나는 화자는 그 자신이 마술 환등기가 차지하던 구심점에 놓인다. 그래서 바로 그 과거, 잃어버린 과거와 잃어버린 기억을 되찾는다는 것은 태초로의 회귀와 맞먹는다. 이를 위해 깊은 내면으로 향하기. 이것이 화자가 앞으로 해야 할 일이다.

물론 그 과정은 험난하다. 화자의 안에서는 방해물(게으름, 의지 결핍, 질병)이 그의 발목을 잡고, 밖에서는 난관(사교, 우정, 사랑)이 도처에 있다. 그래서 마르셀이 과거를 되찾는 시도는 그토록 여러 번 도중에 중단된다. 그의 목마름은 단박에 해소되지 않는다. '잃어버린 시간'은 '되찾은 시간'이 되기 전에 '낭비된 시간'으로 남는다.

마들렌 과자의 맛이 그에게 이유 모를 희열을 가져다주었건만, 그 본질적인 이유를 깨닫는 일은 한참 나중을 기다려야 한다. 발베크 인근 위디메닐을 마차로 산책하는 도중 바라보게 된 세 그루 나무는 그에게 손짓하며 말을 거는 듯하지만, 그 순간에는 그들의 말을 해독하지 못한다. 어디선가 본 듯한, 지각한 듯한 인상만을 막연히 받을 뿐 거기에 그친다. 더 깊은 내면으로 들어가 기억을 건져 올리지 못한다. 마르셀에게 잃어버린 시간을 되찾아 줄 수 있었을 매개물과의 우연한 조우는 해소되지 못하는 답답함만을 남기는 경우가 허다하다.

70년대에 우리나라에 처음으로 『잃어버린 시간을 찾아서』를 완역하였을 뿐만 아니라 두 차례 개정판을 내기도 한 김창석 번역가는 작품 해설에서 마르셀의 여정을 세 단계로 구분하여 설명한다. 첫째는 사물의 아름다움을 보고 황홀감을 느끼기. 둘째는 황홀감의 근원을 파악하기. 셋째는 그것에 표현을 부여하기.

마들렌 맛을 통해 자신의 온 존재가 진동할 만큼 희락에 감싸이고, 위디메닐의 세 그루 나무 풍경에 그리운 임을 꿈속에서 만난 듯 애틋함을 느낀 것은 그 첫 단계에 불과하다. 두 경우 모두 그다음 단계의 이행에 실패한다. 그래서 『잃어버린 시간을 찾아서』는 작자가 그 험한 길을 '끝까지' 걸어가는 기록이라는 것이다.

프루스트는 철학적인 것과 시적인 것, 관념적인 것과 감각적인 것의 혼용의 중요성을 일찌감치 깨달았다. 추상적인 것을 구체적인 것으로 표현할 때 그것이 갖는 힘을 그는 이미 중세 화가 조토의 알레고리 그림을 통해 확인했다. 그래서 프루스트는 시간의 흐름이라는 추상적인 개념을 소설적으로 구현하는 수단 중 하나로 인물들의 총체적 변모를 가시화하는 전략을 택한다. 이를 대표적으로 보여 주는 사례로 샤를뤼스 남작의 변모를 들 수 있겠다. 그가 등장하고 퇴장하기까지 몇 장면을 꼽아 살펴보고자 한다.

샤를뤼스 남작은 『잃어버린 시간을 찾아서』에서 마르셀 및 스완 다음으로 가장 중요한 인물이라고 할 수 있다. 마르셀이 그를 통해 이성애자는 입장이 차단된 남자 동성애의 세계를 엿보게 되기 때문이기도 하지만, 샤를뤼스의 쇠퇴는 시간의 가장 중요한 특질이기도 한 파괴력을 온몸으로 여실히 보여 주고 있기 때문이다.

샤를뤼스는 『꽃핀 소녀들의 그늘에서』의 주요 무대가 되는 노르망디 휴양지인 발베크의 한 카지노 앞에서 마르셀과 첫 대면을 한다. 사람을 사로잡는 강렬함과 의심을 불러일으키는 수상쩍음, 당당함과 우스꽝스러움이 공존하는 샤를뤼스는 프루스트가 창조한 허구의 인물들 중에서 가장 독특한 인물임이 분명하다.

호텔에 혼자 들어와 카지노 앞을 지날 때 그리 멀지 않은 곳에서 누군가 나를 주시하고 있다는 느낌을 받았다. 내가 고개를 돌리자 그곳에는 마흔 살 정도 된, 매우 키가 크고 몸집이 있는, 짙은 검정색 콧수염의 남자를 보았는데, 그는 지팡이로 자신의 바지를 신경질적으로 연신 내리치면서도 나를 뚫어지게 쳐다보느라 동공이 확장된 두 눈을 내게 고정시키고 있었다. 때때로 그의 두 눈

은 들뜬 움직임으로 가득했고, 잘 모르는 사람을 보았을
때 어떤 이유에서건 특정한 생각을 떠올리는 이들 ─가
령 미치광이나 첩자처럼─ 이 소유할 만한 눈이었다. 그
는 내게 뻔뻔하리만치 대범하면서도 신중한, 재빠르면서
도 은밀한 눈빛을 던졌고, 그 모습이 마치 도망치기 직전
마지막으로 총을 한 발 발사하는 도둑 같았다. …

─『꽃핀 소녀들의 그늘에서』[1]

이번에는 샤를뤼스의 사회적 권력이나 육체적 마력이 절
정에 달했던 시기를 살펴보자. 샤를뤼스는 게르망트 가문 출
신, 즉 대귀족으로 상류 사교계에서 강렬한 카리스마로 무장
한 두려움과 경외의 대상이다. 이런 그의 마력에는 박학다식
함을 자랑하는 재기 넘치는 언변, 누구보다도 날카롭게 상대
의 약점을 발견하고 그것을 신랄하게 공격하는 잔인함, 또 원
하기만 한다면 상대방을 그 자리에서 못 박히게 만들 수도 있
을 무시무시한 눈빛 등이 크게 작용한다.

그런 샤를뤼스에게는 너무나 사랑하는 청년 모렐이 있다.
그러나 모렐은 이기주의자일 뿐만 아니라 겁쟁이에 악랄하기

까지 하다. 모렐은 자신에 대한 샤를뤼스의 사랑을 이용하여 그로부터 돈을 갈취하는가 하면, 자신의 비천한 신분을 주변에 알리지 말아 달라고 마르셀에게 애걸하면서도 친구를 무시하고, 전쟁 중에는 탈영까지 하여 투옥되기도 한다. 그런 모렐이 바이올리니스트로서 성공할 수 있도록 힘을 실어 주기 위해 샤를뤼스는 자신의 귀족 인맥을 활용한다. 샤를뤼스는 모렐의 연주회에 상류 사교계 인사들을 대거 초대한다.

다음은 모렐의 연주가 시작되려는 순간, 샤를뤼스가 청중을 압도하는 장면이다. 샤를뤼스의 마력이 유감없이 발휘된다.

모렐은 이미 연단 위에 올라섰고 연주자들도 모이고 있었는데, 청중 가운데에는 여전히 대화를 나누는 사람들, 하물며 비웃는 사람들도 있었다. 누군가 "이번 연주를 이해하려면 음악을 조금 알아야 한다면서요?"라고 조롱하는 말도 들렸다. 샤를뤼스 씨는 즉시 상체를 뒤로 젖혔다. 그 모습이 마치 완전히 새로운 육체로 탈바꿈하는 듯했고, 조금 전에 내가 마주치면서 본 인물, 베르뒤랑네 집에 오기 위해 느릿느릿 걸음을 옮기던 샤를뤼스와 도저히 같은 인물이라고 생각되지 않았다. 그는 신탁을 받은 예언자 같은 표정을 짓고 지금 웃을 때가 아니라는 의미를 가진 심각한 얼굴로 청중을 둘러보았는데 초대받은 손님들 중에는 그와 눈이 마주치자 떠들다가 선생님께 걸린 여학생처럼 얼굴이 새빨개진 이들도 있었다. 내가 보기에 샤를뤼스 씨의 행동에는 기품 넘치면서도 무언가 코믹한 요소가 있었다. 한편으로 그는 이글거리는 눈빛을 청중에게 쏘아붙이면서도 다른 한편으로는 종교적 의식에 요구되는 침묵을, 모든 세속적 활동의 금지를 강압하기 위해 하얀 장갑을 낀 손을 자신의 잘생긴 이마에 가져다 대며 청중이 따라야 하는 진중함의 모델로 제시했다. 이미 예술적 황홀경에 도취된 듯한 그는 늦게 도착했을 뿐만 아니라 위대한 예술의 시간이 시작된 지도 모를 만큼 교양 없는 손님들이 그에게 건네는 인사를 무시했다. 모든 사람들이 최면에 걸린 듯 더 이상 누구도 한마디도 하지 못했고, 의자조차 조금도 움직이지 못했다. 샤를뤼스의 명성에 힘입어 음악에 대한 공경심이 이 무식하면서도 우아한 청중들에게 갑자기 주입된 듯했다.

—『갇힌 여인』[2]


샤를뤼스는 말 한마디 하지 않았지만 강렬한 시선과 단순히 손을 이마에 올려놓는 제스처만으로 청중을 자신이 원하는 대로 좌지우지할 수 있는 마력이 있다. 그래서 그는 공포심을 일으키면서도 경외심을 자아낸다.

하지만 소설에서 마지막 등장이자 영원히 퇴장하는 장면 속 샤를뤼스에게는 한창 잘나가던 시절의 카리스마는 온데간

로베르 드 몽테스키우(Robert de Montesquiou, 1855-1921). 파리 사교계의 걸출한 인물이었던 몽테스키우는 샤를뤼스 남작의 모델이자, 조리스카를 위스망스(Joris-Karl Huysmans, 1848-1907)의 소설 『거꾸로(À rebours)』(1884)의 심미주의자 주인공 데제생트의 모델이기도 하다.

데없다. 기력이 다한 그에게서 눈에 띄게 두드러지는 요소는 그동안 그토록 숨기려고 한 그의 여성성, 그의 동성애자로서의 면모다. 더 이상 숨기는 것이 불가능한 것인지, 아니면 무의미해진 것인지 그의 총체적인 변모에 마르셀은 충격을 받는다.

요양원에서 오랜 시간을 보내고 파리로 돌아온 나이 든 마르셀은 오후 연주회를 알리는 게르망트 대공 부인의 초대장에 이끌려 1차 대전 중 독일 공군의 폭격으로 무너진 건물의 잔해들이 여전히 뒹굴고 있는 을씨년스러운 파리 거리를 지나 대공 부인의 저택으로 향한다. 가는 길에 파리에 사는 수많은 사람들 중에 정말 '우연하게도' 그는 산책을 나선 샤를뤼스 남작과 마주친다. (『잃어버린 시간을 찾아서』에는 정말 많은 우연이 발생한다.)

한 남자가 자동차 안쪽에 앉아 있다기보다는 차라리 내던져져 있었는데, 그의 시선은 움직이지 못하는 듯했고 어깨는 굽어 있었다. 꼿꼿한 자세를 유지하려는 그의 노력은 얌전히 있으라는 명령을 따르기 위해 어린 아이가 기울이는 노력을 방불케 했다. 밀짚모자 아래로 길들이지 않은 완전히 하얗게 센 덥수룩한 머리카락이 삐져나온 것이 보였다. 공공 정원에서 물가 옆에 놓인 조각상들에 눈 내리는 날 맺히는 고드름처럼 그의 턱 밑으로 흰 수염이 흘러내리고 있었다. 뇌졸중 발작을 일으킨 후 회복 중인 샤를뤼스였다. 그의 옆에는 온갖 수발을 다 드는 쥐피앵이 있었고, 지금까지 염색을 해 오던 것을 의사가 건강상 이유로 금지한 것이 아니라면 일종의 화학적 침전물처럼 이제는 완전히 은색을 띠게 된 그의 머리카락과 수염이 간헐온천과도 같이 빛나는 금속성 성질을 눈에 보이게 만든 듯했다. 이 모든 것이 샤를뤼스에게 리어왕에 버금가는 셰익스피어적인 장엄함을 부여했다. 그의 두 눈도 이런 전체적인 쇠퇴와 얼굴을 뒤덮은 금속성 변모로부터 자유롭지 않았는데, 이번에는 두 눈이 광채를 완전히 상실했다는 점에서 반대 현상이 벌어졌다. 하지만 무엇보다 마음을 아프게 하는 것은 잃어버린 광채가 본질적으로는 그의 자부심과 관련된 것이고, 한때는 그의 육체적, 정신적 삶과 한 덩어리를 이루던 귀족으로서

의 자부심이 아무리 후자가 침탈당해도 전자는 어쩔 수
없이 지속된다는 사실과 관계한다.

— 『되찾은 시간』[3]

샤를뤼스의 변모는 육체에 한정되지 않고 그의 정신에도,
그 결과 행동에까지도 영향을 끼친다. 이러한 샤를뤼스는 마
르셀에게, 그리고 독자에게 작별을 고하는 듯하다. 모든 살롱
에서 그토록 두려움과 선망을 동시에 불러일으키던 샤를뤼
스, 마르셀에게 소돔 세계의 비밀에 눈뜨게 한 샤를뤼스였건
만 그런 그조차 시간 앞에서는 속수무책이다. 그의 육체적,
정신적, 사회적 쇠퇴는 비로 디음 장면에서 이이길 '가면 무도
회'에 대한 예고편의 기능을 수행한다. 지금은 비록 샤를뤼스
한 명이지만 곧이어 게르망트 대공 부인의 저택에서 마르셀
은 그동안 알고 지낸 거의 모든 인물들과 대면한다.

이탈리아 베네치아에서 서쪽으로 40킬로미터 정도 떨어
진 파도바의 한 예배당에는 중세 시대 화가 조토가 일곱 쌍의
미덕과 악덕을 사람 형상으로 표현한 알레고리 프레스코화
를 볼 수 있다. 그중 조토는 '자비'라는 미덕을 뚱뚱한 여인으

파도바 예배당에 조토(Giotto di Bondone, c. 1267-1337)가 그린 미덕과 악덕을 이루는 일곱 쌍의
알레고리 형상 중 〈자비(Caritas)〉와 〈탐욕(Invidia)〉, 1303-1305년경.

로 그려 넣기도 했다. 『스완네 집 쪽으로』에서 스완은 마르셀
집에서 부엌일을 거드는 만삭의 하녀를 바로 이 조토의 '자비'
알레고리에 비유하기도 한다. 만약 프루스트가 조토와 동시

대 화가로 태어나 '시간'이라는 추상적 개념을 구체적 이미지로 가시화고자 했다면 한쪽에는 휴양지에서의 뻔뻔하면서도 기이한, 어깨를 뒤로 한껏 젖힌 채 등장하던 샤를뤼스를, 다른 한쪽에는 스산한 파리 길거리의 허리 굽은 퇴장 장면에서의 샤를뤼스를 그려 넣었을 것이라 상상해 본다. 하지만 화가가 아니었던 소설가 프루스트는 시간의 알레고리를 인생에서 멀리 떨어진 두 시기에 놓인 두 명의 샤를뤼스를 통해 언어로 형상화한다.

그런데 시간은 나이 듦을 양쪽으로 진행시킬 수 있다는 모순을 안고 있다. 즉 나이가 들면서 시간은 사람을 신체적, 정신저으로 쇠락시키는 경우도 있지만, 반대로 젊었을 때 가지고 있지 못하던 여유와 관대함을 부여하거나, 가지고 있던 경박함과 긴장감을 지워 버릴 수도 있다.

앞선 사람들과는 완전히 상반되는 경우도 있었는데, 내가 예전에는 정말 견딜 수 없어하던 사람들과 대화를 나누어 보니, 과거 그들이 가지고 있던 단점들이 거의 모두 사라진 것을 보게 되어 무척 놀랐다. 삶이 그들의 욕망

을 실망시켰거나 만족시켜서 그들을 특징짓던 거만함이
나 회한이 없어진 것 같았다. 부유한 결혼을 한 경우에는
허세나 경쟁심이 더 이상 필요 없는 것이 되었고, 아내의
영향을 받거나 혹은 경박한 젊음이 절대적으로 추구하
던 가치 이외의 것들을 천천히 익히게 된 이들은 긴장을
풀게 되면서 그들이 원래 가지고 있던 장점이 부각되었
다. 이런 경우의 사람들은 나이가 들면서 성격이 완전히
변한 것 같았는데, 마치 나무가 가을이 되어 낙엽이 들면
완전히 성질이 바뀐 것 같은 인상을 주는 것과 마찬가지
였다.

—『되찾은 시간』[4]

시간은 이렇듯 공평하게 작용한다. 젊음을 빼았지만 여유
와 편안함을 준다. 그러나 시간이 절대 타협하지 않는 것이
있다. 바로 죽음이다.

시간은 살아 있는 모든 존재를 죽음으로 몰아넣는다. 『잃
어버린 시간을 찾아서』에는 수많은 인물들이 죽음을 맞는다.
마르셀의 분신인 스완이 그렇고, 손자에게 절대적 애정과 헌

신을 쏟은 할머니, 마르셀이 사랑한 알베르틴, 친구 로베르 드 생루, 경박한 베르뒤랑 씨, 게르망트 대공 등이 대표적이다. 질병, 노환, 사고, 전쟁 등 이들 죽음의 원인은 다양하지만 결과는 모두 같다.

죽음이 마르셀의 주변 인물들을 찾아갈 수 있다면 마르셀에게도 올 수 있다. 죽음이 언제라도 자신을 데려갈 수 있다는 새삼스럽지도 않은 깨달음이 게르망트 대공 부인의 오찬에서 유달리 고통스러운 이유는 자신이 이제부터 써야만 하는 책이 시간과의 싸움이 되리라고 예감하기 때문이다. 시간에 맞서, 시간을 담은 책을 쓰기. 그것이 마르셀이 이제부터 착수하게 될 임무다.

의심할 바 없이 이 잔인한 발견은 내가 쓸 책의 질료가 무엇이 될지 깨닫는 데 도움이 될 수밖에 없었다. 완전하게 진정한 인상들, 시간 너머에 있는 인상들만을 내 책의 질료로 삼으리라 결심했기 때문이다. 그런 인상들과 내가 맞붙이기로 결심한 진리들 중에는 시간 안에서 사람, 사회, 국가 등이 어떻게 서로 작용하고 변하는지에 대

한 것들로, 나는 내 책에서 바로 이런 진리들에 중요한 자
리를 내줄 것이다.

—『되찾은 시간』[5]

시간. 마르셀이 쓸 책의 가장 중요한 질료이자, 그 안에서
변모하는 다양한 개체들의 진리를 그리는 것. 이것을 마르셀
은 자신의 길고 긴 책을 이끌 등대로 삼는다.

『고도를 기다리며』(1952)로 부조리극의 대부가 되기 이전,
청년 사뮈엘 베케트가 쓴 비평서 『프루스트』(1931)에서 프루스
트의 시간을 두 얼굴을 가진 신 야누스에 비유한 사실이 떠오
른다. 파괴자이자 창조자인 시간. 반드시 죽음을 데려오지만,
바로 그 죽음이 있기에 부활 또한 가능해진다. 새로운 탄생을
위해서는 죽음을 거쳐야 하는 역설에 우리 삶의 진리 한 조각
이 있다.

마르셀은 시간을 예술가에 비유한다. 시간은 모델의 본질
을 파악함과 동시에 그것에 변주를 가하면서 변화 속에 지속
성을 담아내는 예술가이자, 서두르지 않고 느리게 작업하는
예술가다. 시간은 자신이 생명을 준 작품과 함께 같이 늙어

가고 같이 완성되는 예술가, 대중 앞에 서둘러 완성품을 내보
이기를 거부하는 고집스러운 장인 정신의 예술가다.

나는 시간이 가지고 있는 독보적으로 새롭게 하는 힘
에 감탄했다. 시간은 한 사람이 지닌 통일성과 인생을 지
배하는 법칙을 존중하면서도 주변을 변화시키고 한 사람
의 연속적인 두 면모에 매우 상반되는 특성을 부여할 수
도 있다. 그날 오랜만에 만난 많은 사람들을 나는 즉시 알
아보기는 했지만 그들은 전시장에 걸린 엉터리 초상화들
같았다. 재능이 부족하고 성실하지도 않은 화가가 이 모
델의 윤곽을 망치고, 저 모델의 혈색을 제거하고, 실제보
다 뚱뚱하거나 눈빛을 탁하게 묘사해 버린 엉터리 초상
화들이었다. 지금 내 눈앞에 펼쳐지는 이미지들과 내 기
억 속 그들에 대해 내가 가지고 있던 이미지들을 비교하
며 나는 현재의 것들이 덜 마음에 들었다. 마치 친구가 자
신을 찍은 여러 초상 사진들 중 한 장을 골라서 우리에게
주지만, 그 어느 것도 실물보다 못하여 우리 마음에 들지
않는 것처럼, 내 앞에 있는 한 사람 한 사람에게, 그리고

그들이 내게 제시하는 그들의 이미지에게 나는 "이건 아
닌데요. 잘못 나왔어요. 실제가 훨씬 나아요"라고 말하고
싶었다.

—『되찾은 시간』[6]

더불어 프루스트의 시간은 연대기적 서사성이 대체로 애
매하다. 그의 시간은 예상 가능한 규칙성도, 일관적인 연속성
도 띠지 않는다. 소설 속 시간은 엿가락처럼 늘어나기도 하
고, 블랙홀처럼 강도 높게 압축되기도 한다.

사백 쪽이 넘는 5편 『갇힌 여인』은 마지막 서른 쪽을 제외
하고 고작 나흘간 벌어지는 일이다. 하루 묘사에 평균 백 쪽
이 할애되는 셈이다. 잠든 무방비 상태의 알베르틴을 하나의
긴 식물 줄기에 비유하고, 열린 창문을 통해 올라오는 바깥 길
거리 상인들의 외침은 종교의식의 라틴어 송가다. 그 와중에
마르셀은 주변 인물들도 살뜰히 챙긴다. 약혼녀에게 악담을
퍼부은 후 남몰래 눈이 퉁퉁 붓도록 운 모렐을 보여 주고, 베
르뒤랑 살롱에서 굴욕을 당한 샤를뤼스가 나폴리 왕국의 마
지막 왕비의 팔에 의지하여 마지막 한 조각 위엄을 유지한 채

살롱을 빠져나온다. 작가 베르고트는 베르메르의 그림 앞에서 발작을 일으키며 쓰러지고, 정통 프랑스어 방언을 쓰던 프랑수아즈는 파리로 시집간 딸의 영향을 받아 '타락한' 현대 프랑스어를 구사하여 마르셀에게 씁쓸함을 안긴다.

마르셀이 알베르틴에게 입맞춤하러 다가가는 장면은 또 어떤가! 사물을 지배하는 시간은 일시 정지한 듯하다. 오직 마르셀의 시선에 따른 시간만 존재한다. 모든 것이 부동의 상태에서 오로지 마르셀의 시선만 이동한다.


나의 시선이 입맞춤하도록 제안한 대로 내 입술은 그녀의 뺨에 점점 가까이 다가갔고, 이동하는 나의 시선은 새로운 뺨들을 보게 되었다. 현미경을 통한 듯 매우 근접하여 보게 된 그녀의 목은 거기에 있던 큰 점들과 더불어 튼실함으로 가득 채워졌으며, 이는 그녀의 형상이 갖고 있던 개성을 완전히 바꿔 버렸다. … 그녀의 뺨을 향하는 내 입술의 짧은 여정 동안 나는 열 명의 알베르틴을 보았다. 단 한 명의 소녀건만 얼굴을 여럿 가진 여신처럼 내가 마지막에 본 얼굴에 다가가려 하자 다른 얼굴이 그 자리

를 차지했다. 내가 그 얼굴을 만지지 않는 동안만 나는 그
것을 볼 수 있었다. 그녀로부터 가벼운 향기가 내게 전해
졌다. 아! 안타깝게도 입맞춤을 하기에는 우리의 입술이
잘못 만들어진 것처럼 콧구멍과 눈도 위치가 잘못되었
다. 갑자기 내 눈은 아무것도 보지 못하게 되었고, 이어서
납작하게 눌린 내 코도 아무 냄새도 맡지 못했으며, 그렇
다고 그토록 열망한 분홍색 맛도 음미할 수 없었다. 이 모
든 혐오스러운 신호에 의해 나는 마침내 알베르틴의 뺨
에 입맞춤하는 중임을 깨달았다.

—『게르망트 쪽』[7]

마르셀의 시선은 클로즈업, 롱숏, 슬로 모션이 혼합된 영
상적 글쓰기다. "그녀의 뺨을 향하는 내 입술의 짧은 여정" 중
마르셀의 눈, 콧구멍, 입술이 입맞춤이라는 역할을 제대로 수
행하지 못하는 불능을 보여 주는 서술은 '누보로망의 교황' 알
랭 로브그리예가 소설 『지우개』(1953)에서 극사실주의로 묘사
한 토마토에 대한 뒤집힌 예고편, 혹은 음화 필름 같기도 하
다. 더디디 더딘 입술의 이동 속도는 마치 느리게 재생하는

영상을 보는 듯한 착각을 일으킨다. 위 장면이 마르그리트 뒤라스의 『연인』(1984) 속 너무 낡아서 속이 거의 들여다보이는 치마를 입고, 남성용 펠트 모자를 쓴 깡마른 여자 주인공이 메콩강을 건너는 배의 난간에 기대어 노란빛으로 일렁이는 물결을 응시하는 장면과 겹쳐 보인다면, 이는 프루스트 시선이 느리게 이동하는 카메라의 렌즈 역할도 수행하기 때문이리라. 이렇게 프루스트는 저도 모르게 반세기 후에 펼쳐질 누보로망 작가들의 선지자가 되었다.

『갇힌 여인』 마지막 서른 쪽은 네 번째 날 이후 일련의 나날을 담고 있다. 하지만 정확히 며칠 동안의 일인지는 알지 못하게끔 흐릿하게 처리된다. 다만 "겨울이 끝나가고, 아름다운 계절이 돌아왔다"고 넌지시 암시할 뿐이다.

프루스트의 시간이 하나의 감각적 인상이자, 질료의 덩어리로 제시되는 경우는 『갇힌 여인』에서 뿐만이 아니다. 소설 전체적으로 시간을 빚는 프루스트의 방식이다. 프루스트 소설에서 시간은 특정한 사건이 벌어진 달력상 연도, 혹은 시계에 쓰인 숫자로 표현되는 관념적 기호가 아니다. 시간은 자연의 계절로서 감각되고, 그것을 보낸 공간과 더불어 하나의 질료적 덩어리로 지각된다. 2010년대에 펭귄클래식에서 6년에 걸쳐 프루스트 소설을 완역한 이형식 교수가 프루스트의 시간을 '시절'로 번역하여 『잃어버린 시절을 찾아서』로 출간한 이유이기도 하다.

콩브레의 유년 시절, 벨베크의 여름휴가 등은 모두 특정한 시간과 공간이 결부되어 고유의 덩어리를 이룬다. 콩브레의 유년 시절은 부활절이라는 시기, 즉 그리스도가 새로운 생명을 얻고 영원을 획득하는 시기, 긴 겨울을 견딘 후 미나리아재비, 아가위, 개양귀비, 산사나무 등의 꽃이 봉우리를 맺는 시기와 더불어 프랑스 중부, 평온하고 너그러운 들판과 중세적 전통이 공존하는 시골 마을이라는 공간이 함께 이루는 감각적 덩어리다

노르망디 지방에 위치한 발베크에서의 여름휴가가 펼쳐지는 2편 『꽃핀 소녀들의 그늘에서』의 2부는 "2년 후 내가 할머니와 함께 발베크로 떠났을 때, 나는 질베르트에 대해 거의 완전히 무관심해진 상태였다"라는 첫 문장으로 시작할 뿐이다. 몇 년도인지, 마르셀의 나이가 몇인지 일언반구 없다. 발베크 시기는 넘실대는 파도를 맞으며 해수욕을 즐기는 휴양객들과

방파제 위를 거침없이 활보하는 발랄한 소녀들의 무리로 상징되는 한여름, 이어서 썰물 빠지듯 휴양객들이 떠난 썰렁한 그랑호텔까지의 시간과 공간이 혼합된 덩어리로 독자에게 전달된다.

또한 프루스트에게서 시간은 상대에 대한 우리의 인식을 결코 제대로 할 수 없게 만든다. 우리가 상대의 본질을 마침내 파악했다고 믿게 된 순간에도 상대에 대한 우리의 인식은 어긋난다. 시간의 문제가 개입하기 때문이다. 그에 대한 나의 인식을 정립하는 동안 고정되지 않은 그 대상은 끊임없이 변한다.

나는 권위적이고 답답한 내 직장 상사가 보수적이며 꽉 막힌 전형적인 '꼰대'인 줄로만 알았는데, 80년대 중반에 대학생이었던 그는 총학생회장 출신으로 취미가 데모였다는 것이다. 상사에 대한 나의 잘못된 인식이 무안하고 미안해져 그를 다시 본다. 그를 자유와 민주주의의 화신으로 격상시킨다. 그런데 내가 그렇게 상사에 대한 인식을 조정하는 동안 상사는 어느새 권력의 장에서 우위를 차지하는 데 익숙해져 육아휴직을 신청한 사원을 괴롭히고, 회식 자리에서는 임원에게 온갖 아첨을 늘어놓는다.

　이렇듯 상대에 대한 나의 인식이 바뀌는 동안 나의 인식의 대상도 주체적으로 바뀌기 때문에 우리가 진정으로 상대를 아는 것은 불가능하다. 일정한 마디를 사이에 두고 돌림 노래를 부르는 합창 단원들처럼, 늦게 노래를 부르기 시작한 나는 앞서 시작한 다른 단원을 결코 따라갈 수 없는 이치와 같다.[8]

　이렇듯 더듬거리며 처음의 시각적 오류를 인지한 후에야 우리는 다른 사람에 대한 정확한 이해를 —그게 가능하다는 가정하에— 할 수 있다. 하지만 그것은 불가능하다. 왜냐하면 그 사람에 대한 우리의 이해가 수정되는 동안 부동의 주체가 아닌 그 사람 또한 스스로 변하기 때문이고, 우리가 그를 따라잡았다고 생각할 때 그는 이동했고, 마침내 그 사람을 제대로 보게 되었다고 믿지만 우리가 밝혔다고 생각한 그의 이미지는 그가 변하기 전 과거의 이미지로 더 이상 현재의 그를 재현하는 것이 아니기 때문이다.

—『꽃핀 소녀들의 그늘에서』[8]

시간의 경과는 우리가 상대방에 대해 정확한 인식을 갖는
데 훼방 놓는다. 그럼에도 마르셀은 그러한 시간의 특성을 책
에 담는 고된 작업을 하리라 다짐한다. 모든 사람들이 동의하
면서도 곧잘 그 진리를 망각하고, 함정에 빠지게 되는 시간의
마력을 표현하기. 이 어려운 임무를 마르셀은 수행하기로 한
다. 다음은 소설의 마지막 문단이다.

내가 올라서 있는 죽마가 이미 너무 길어져서 저 아래
로 한참 내려간 과거를 내가 영원히 놓치지 않도록 붙잡
고 버틸 힘이 남아 있을지 자신이 없었다. 내게 작품을 완
성할 힘이 충분히 남아 있다면 나는 우선 그들을 비록 괴
물처럼 보이게 하더라도 공간 속에서는 매우 제한된 자
리를 차지하는 반면에 시간 속에서는 끝없이 길게 늘어
진 자리를 차지하고 있는 모습으로, 무수한 세월에 동시
에 몸을 걸치고 있는 거인들처럼, 수많은 날들이 그 사이
를 차지하고 있는 멀리 떨어진 두 시절에 동시에 닿아있
는 모습으로 그들을 묘사할 것이다 ― 시간 속에서.

― 『되찾은 시간』[9]

『잃어버린 시간을 찾아서』의 첫 단어는 'Longtemps'이다. '오랫동안', '오랜 시간'을 뜻하는 프랑스어 부사로, '긴'을 가리기는 'long'과 '시간'을 가리키는 'temps'이 더해져 만들어진 단어다. 소설의 마지막 단어 또한 'temps'이다. '시간'으로 시작해서 '시간'으로 끝나는 프루스트 소설에서 주인공은 어쩌면 마르셀이 아니라 시간일지도 모른다.

# 3

## 반전

영화를 볼 때 반전이 있으면 우리는 감독이 어떻게 저런 생각을 했을까, 처음에 왜 우리는 그것을 몰랐을까 하고 놀란다. 배우들의 연기에 감탄하고, 어떤 경우는 그 영화를 다시 보게 된다. 답을 알고 다시 보면 처음에 놓쳤던 부분들, 감독이 숨겨 놓은 암시들, 배우의 눈빛과 몸짓이 새롭게 다가온다. '아하, 그랬구나!' 그 영화는 처음 보았을 때와 다른 의미를 갖는다. 새로운 생명력을 띠게 된다. 『잃어버린 시간을 찾아서』는 이런 의미에서 반전의 묘미로 가득한 소설이다.

프루스트식 반전은 크게 두 종류가 있다. 첫 번째 종류는 독자의 예상과 다른 전개를 그 자리에서 바로 제시하는 반전이고, 두 번째는 그로부터 수백 쪽을 넘긴 다음에야 앞선 상황이나 인물이 독자가 생각했던 것과는 정반대였다는 사실을 알려 주는 유예된 반전이다.

첫 번째 반전의 대표적인 예로 『잃어버린 시간을 찾아서』의 서두에 나오는 '취침 사건'을 들 수 있다. 주인공 마르셀은 일곱 살 정도의 소년이다. 그날 저녁 마르셀은 유독 불안하다. 부모님이 저녁 식사에 이웃인 스완 씨를 초대했다. 어른들이 함께 이야기를 나누며 식사를 하는 자체는 아무 문제가 없는데, 불안한 이유는 그다음에 벌어질 일 때문이다.

마르셀은 밤에 잠들기 전에 어머니의 잘 자라는 입맞춤을 받고는 한다. 하지만 프랑스 중산층의 교양 있는 부르주아 가정이라면 반드시 지켜야 할 예법 중에 어린 아들에게 저녁 입맞춤을 하기 위해 어머니가 초대 손님을 두고 자리를 비우지 않는다는 규율이 있음을 마르셀은 길지 않은 인생 경험으로도 안다. 따라서 마르셀은 그날 밤은 엄마의 입맞춤이 없을 것이고, 그래서 자신은 불안해서 잠에 들지 못할 것이고, 그 결과 고통스러운 긴 불면의 밤이 기다리고 있을 것이라는 사실을 알고 있다.

마르셀은 2층 자신의 방에서 귀를 기울이며 밖의 상황을 예의 주시한다. 드디어 스완 씨가 일어나고 그의 집으로 돌아간다. 엄마도 이제 잠자리에 들기 위해 촛불을 들고(아직 가정에서 촛불을 사용하던 시절이다. 소설이 진행됨에 따라 마르셀 집 안에 전기등과 전화기가 등장함으로써 독자는 시간의 흐름을 간접적으로 느낀다), 2층 방으로 올라온다. 그런데 엄마만이 아니라 아버지도 같이 올라온다. 마르셀은 참았던 울음을 터뜨리며 엄마 품으로 달려든다. 이런 자신의 모습을 보고 아버지가 몹시 언짢아하고, 꾸중할 것이라는 사실을 알지만 어쩔 수 없다. 더 이상 참을 수 없다. 아버지는 건강도 약하고, 의지는 더 약한 아들의 장래를 위해서 특히 엄격히 훈육해야 한다고, 어리광을 다 받아주면 안 된다고 입버릇처럼 말하지 않았던가!

그런데 꾸지람을 각오하고 엄마 품에 뛰어든 바로 그 순간, 그날 밤은 예상치도 못한 방향으로 흘러간다.

엄마가 방에 가기 위해 계단을 올라오는 길목에서 내가 기다린다면, 그리고 엄마에게 밤 인사를 하기 위해 내가 침대에 눕지도 않고 복도에서 기다리고 있었다는 사실을 알게 된다면 부모님은 내가 집에 있는 것을 더 이상 허락하지 않고, 나를 기숙학교에 보낼 것이다. 확실하다. 하지만 어쩌랴! 오 분 후에 내가 창문 밖으로 몸을 던져야 하는 상황이 벌어지더라도 할 수 없다. 지금 내가 원하는 것은 엄마고, 엄마에게 밤 인사를 하는 거고, 이 욕망을 실현하기 위해 이미 너무 멀리 갔기에 되돌아오는 것은 불가능하다. … 한순간 아버지는 놀라고 화난 표정으로 나를 보았는데, 엄마가 아버지에게 당황한 어조로 어떤 상황인지 설명하자 아버지가 말했다. "그렇다면 이 녀석 방에 함께 가도록 하오. 그렇지 않아도 좀 전에 당신은 졸리지 않다고 하지 않았오? 그 애 방에 머물구려. 난 더 이상 필요한 게 없으니." "하지만 여보," 엄마가 주저하며 말했다. "내가 졸린지 아닌지는 이 상황과 아무 상관이 없어요. 아이의 버릇을 생각한다면…" "대체 이게 아이 버릇이랑 무슨 관계가 있단 말이오." 어깨를 으쓱하며 아버지가 말했다. "아이가 괴로워하고 있는 게 보이지 않소. 완전히 낙담해 있는 것이 보이지 않냐 말이오. 아이를 학대할 필요까지는 없잖소."

―『스완네 집 쪽으로』[1]

'지옥에서 천국으로'라는 표현이 있다면, 그것은 이때 마르셀의 심정에 딱 들어맞을 것이다. 이렇게 독자는 프루스트의 첫 번째 반전을 접한다. 기숙학교에 보내지게 될 것을 각오하고, 아버지의 화를 피하기 위해 창문 밖으로 몸을 던지게 되는 한이 있어도, 엄마의 입맞춤을 갈구한 마르셀이다.

그는 매일 밤 하는 그 의식을 임종을 앞둔 신자의 성체 배령에 비유하기조차 한 바 있다. '성체 배령'에 해당하는 프랑스어 단어인 'viatique'는 라틴어 'viaticum'에서 기원한다. 해당 라틴어 단어의 본래 의미는 '여행을 위한 식량'이라고 한다. 즉 죽음 직전의 가톨릭 교인에게 성체를 배령하는 의식은 짧은 생을 마감하고, 무한한 죽음으로 향하는 여행을 떠나는 자에게 그리스도의 성스러운 몸을 식량으로 준다는 의미를 갖는다. 마르셀에게는 잠의 세계가 죽음의 그것과도 같이 두려운 대상이었다. 깨어 있는 상태에서 수면의 상태로 빠져드는 경험은 삶에서 죽음으로 이동하는 것과 동류의 공포로 다가

왔던 듯하다.

　그런데 잠드는 행위보다 더 고통스러운 것은 잠이 들지 못하는 불면의 밤이었다. 그곳이 잠을 청해야 하는 여행지의 낯선 호텔 방이든, 매일 어둠 속에서 혼자 잠에 들어야 하는 익숙한 2층 방이든, 장소 불문하고 눈을 뜨고 지새우는 불면의 밤은 그것을 겪어야 하는 감옥으로서의 방과 함께 마르셀에게 공포의 대상으로 다가온다. 따라서 가공할 만한 불면, 혹은 죽음의 잠으로의 여행에 앞서 마르셀에게 엄마의 밤 입맞춤은 임종 시 성체 배령에 버금가는 불가결한 의식이다. 그런데 그토록 비장한 각오로 임한 그의 행동에 벌이 내려지기는커녕, 평상시에 가장 대범한 상상 속에서조차 허락되지 않았던 엄마와 함께하는 밤이라는 상이 주어진다. 하지만 '취침 사건'의 반전은 이게 다가 아니다. 여기까지는 '반전1'에 불과하다.

　이제부터 '반전2'다. 엄마는 아들이 가장 좋아하는 것, 즉 책을 침대 머리맡에서 읽어 준다. 19세기 낭만주의 소설가인 조르주 상드의 『프랑수아 르 샹피(François le Champi)』가 그 책이다. 마르셀은 이런 비현실적인 상황이 황홀한 꿈만 같다. 그러나 모순적이게도 그 기쁨의 밤은 마르셀의 진정한 고난의 시기를 개시한 밤이기도 하다. 마르셀은 암묵적으로 안다. 나의 고집에 부모님이 백기를 든 밤은 나의 승리가 아닌, 나의 의지 부족을 더욱 확실하게 만든 밤이며, 내가 가장 사랑하는 엄마의 가슴을 슬픔으로 가득 채운 불효의 밤이라는 사실을.

나는 행복했어야 했다. 하지만 그러지 못했다. 어머니가 내게 처음으로 한 양보가 그녀에게는 고통이라는 사실을 알 것 같았고, 그것은 그녀가 나를 위해 구상한 이상으로부터 처음으로 뒷걸음질 친 것이고, 그토록 용기 있는 어머니가 처음으로 패배했다는 사실을 인정하는 것과도 같았다. 내가 이겼다면 그것은 어머니의 패배 위에 거둔 성공이었고, 질병, 근심, 나이 같은 것들이 그녀의 의지를 약하게 하고, 이성을 굴복시키는 것과 같았다. 그날 밤을 기점으로 새로운 시기가 열렸으며, 그 밤은 슬픈 날로 각인될 것이다.

—『스완네 집 쪽으로』[2]

슬픈 일이 기쁜 일이 되었다가, 기쁜 일이 더욱 슬픈 일이 되어 버린다. 마르셀의 승리는 엄마의 패배 위에 세워진 것이고, 엄마의 패배는 결과적으로 의지에 관한 아들의 긴 패배 기간을 열었다. 이겼다고 생각했는데 졌다. 반전에 반전인 셈이다.

그 즉시 이야기의 흐름이 뒤집히는 이와 같은 첫 번째 종류의 반전에 대한 대표적인 또 다른 예로 소설의 마지막 에피소드인 게르망트 대공 저택의 모임이 있다. 이는 잠시 뒤에 언급하기로 하고, 먼저 마르셀과 질베르트의 첫 만남을 살펴보기로 하자.

마르셀과 그의 첫사랑인 질베르트와의 관계는 프루스트 반전의 두 번째 종류에 해당하는 유예된 반전의 예시들을 제공한다. 마르셀에게 이웃 스완의 딸인 질베르트는 호기심과 동경의 대상이자, 마음껏 상상하여 이상화된 이미지를 덧입힌 욕망의 대상이기도 하다. 스완은 그 규모를 짐작할 수 없는 부와 인맥을 바탕으로 고가의 미술품을 수집하고 거래하는 유대인이다. 그런 스완의 딸인 질베르트는 아버지의 영향으로 당시 인기 많은 소설가 베르고트와 스스럼없이 지내는 사이다. 마르셀의 입장에서 질베르트는 감히 범접할 수 없는 다른 세상에 속하는 우월한 존재로 여겨진다.

어느 날, 마르셀과 가족은 스완네 쪽 산책로를 택한다. 그날은 마침 스완은 파리로, 아내와 딸은 랭스로 떠나 스완네 집에 아무도 없을 것이라 짐작했기에 마르셀의 할아버지는 스완의 집 앞 공원을 가로질러 걷기를 제안한다. 그 산책로에서 산사나무꽃을 보게 된다. 더구나 일반적인 흰색이 아닌 매우 드문 분홍색이다. 마르셀은 그 진귀한 아름다움에 "집에 머물면서 아무렇게나 옷을 걸친 사람들 틈에서 축제용 옷을 잘 갖춰 입은 어린 소녀처럼, 이미 시작된 듯한 성모 마리아의 달을 맞아 축제 준비를 마친 가톨릭 교인처럼 온화한 그 산사나무는 새로 맞춘 분홍색 옷을 잘 차려입고 미소를 머금은 채 빛나고 있었다"[3]며 감탄한다.

그런데 산사나무의 분홍색 꽃은 그 자체의 진귀함으로 감탄을 자아내기 위해서만 제시된 것은 아니다. 독자는 이어지는 장면에서 마르셀이 그토록 호기심을 가지고 있었고, 범접할 수 없는 아우라에 감싸인 소녀로 여기던 질베르트와 우연히(!) 마주친다. 말도 안 되는 그 조우에서 마르셀을 사로잡는 것은 '붉은' 기운이 감도는 그녀의 황금색 머리카락과 이글거리는 까만 두 눈동자 밑에 흩뿌려져 있는 '분홍색' 주근깨다. 직전 장면에서 묘사된 산사나무의 진귀한 분홍 꽃들은 분홍 질베르트의 출현을 예고한 듯하다. 가장 기대하지 않았던 순간, 마르셀은 코앞에서 질베르트와 마주친다.

산책에서 막 돌아온 듯한, 붉은 기운이 감도는 금발에 얼굴은 분홍색 주근깨로 덮인 소녀가 한 손에는 정원용 삽을 든 채로 우리를 바라봤다. 그녀의 검은색 눈이 빛났다. 그 당시에도 몰랐고, 이후에도 배우지 못한 것이 강렬하게 받은 인상을 객관적인 요소로 전환하여 받아들이는 방법인데, 내게는 이런 방법론의 부재와 더불어 소위 사람들이 '관찰력'이라고 부르는 것도 부족하여, 그녀의 눈 색깔에 대한 개념을 어떻게 규정해야 할지 몰라 한동안 그녀에 대해 생각할 때면 그녀가 금발이었기 때문에 눈빛을 선명한 파란색으로 떠올리고는 했다. 그녀가 만약 그토록 질은 검은색 눈을 가지고 있지 않았다면 ―그녀를 처음 보는 사람들은 그 점에 항상 놀라곤 한다― 당시에 내가 그랬던 것처럼 나는 그녀의 파란색 눈과 그토록 유별나게 사랑에 빠지지는 않았을 것이다.

… 그녀는 시선을 길게 빼서 나를 바라보았는데 특별한 감정이 없는, 그렇다고 나를 보고 있다는 인상도 주지 않았지만, 집요함으로 가득하고 웃음을 숨긴 듯한 그 시선은 내가 받은 예절 교육에 기대어 판단하자면 무례한 멸시라고밖에 생각할 수 없는 성질의 것이었다. 동시에 그녀는 한 손으로 저속한 손짓을 했는데, 만약 그 행동을 공공장소에서 모르는 사람에게 했다면 내 안에 있는 예법 사전은 그것이 외설적인 의도를 가진 것 외에는 다르게 해석할 여지를 남기지 않고 있었다.

— 『스완네 집 쪽으로』[4]


스완네 집에 아무도 없을 것이라고 생각하고, 그 집 앞을 지나갈 때 질베르트와 마주친 것도 놀랄 일인데, 처음 가까이서 보게 된 엄청난 흡입력의 검은색 눈 소녀가 멸시하는 듯한 시선을 던짐과 동시에 외설스러운 손짓을 하니 그때 마르셀은 얼마나 당황했을까! 그렇게 질베르트와의 첫 대면은 마르

셀에게 강렬한 충격을 남기고, 그 여파로 마르셀은 그녀의 그
토록 짙은 검정 눈 색깔 때문에 파란색으로 떠올리게 된 그녀
의 엉뚱한 눈과 사랑에 빠지는 모순을 경험해야만 한다.

그 장면이 1편 초반이었다면, 이제는 6편 『사라진 알베르
틴』 중에서도 마지막 페이지로 가 보자. 그 사이 마르셀은 같
이 살던 알베르틴을 잃었고, 사랑을 해 본 자가 느낄 수 있는
가장 고통스러운 감정들을 모두 겪었다. 반면 질베르트는 마
르셀의 절친인 로베르 드 생루와 결혼하지만 그의 외도에 괴
로워한다. 이제 둘 모두 결코 젊다고 할 수 없는 나이가 되었
다. 어린 시절 소년 소녀 사이의 긴장이나 경계심 대신 서로
의 처지를 진심으로 위로하는 사심 없는 우정만이 자리 잡
았다.

마르셀은 질베르트의 초대로 그녀의 집에 며칠 묵으며 오
랜만에 다시 찾아간 유년기의 장소가 불러일으키는 회한과
애수를 느낀다. 그런데 질베르트와의 이번 만남의 끝에는 마
르셀이 꿈속에서조차 감히 상상해 보지 못한 놀라운 반전이
기다리고 있다.

우리를 감싸는 감미로운 공기와 바람결로 나는 그녀에 대한 애정이 샘솟는 것을 느끼며 분위기에 취해 말했다. "당신은 지난번 내게 비탈길에 대해 이야기했지요? 그 당시 내가 얼마나 당신을 좋아했었는지 모르지요?" 그녀가 내게 답했다. "그런데 왜 내게 말하지 않았어요? 당신이 그럴 것이라고는 생각도 못했어요. 나야말로 당신을 좋아했었지요. 한번은 당신에게 노골적으로 그걸 표현한 적도 있고요." "언제 그랬나요?" "처음 탕송빌에서요. 당신은 가족과 산책 중이었고, 나는 집에 있었는데 당신은 내가 봤던 남자아이들 중에서 정말 가장 귀여웠어요. … 그때 당신이 나를 따라오기를 얼마나 바랐는지 몰라요. 그 순간은 내 마음을 전할 시간이 얼마 없다는 것을 알았기 때문에 당신의 가족이나 내 부모님이 내 행동을 보게 될 것을 각오하고 나는 노골적으로 그것을 표현했었어요. 지금도 그때를 생각하면 창피해져요. 하지만 당신은 나를 정말 무서운 눈으로 쳐다봤고, 그래서 당신은 원하지 않는다고 생각했어요." 그 순간 나는 진정한 질베르트는, 진정한 알베르틴은 첫 만남에서, 즉 한 명은 가

시나무 장미 울타리 앞에서, 다른 한 명은 해변가에서 그
녀들의 시선을 통해 즉시 드러났던 그대로일 수도 있음
을 깨달았다. 그리고 진정한 그녀들을 이해하지 못한 나
때문에, 첫 만남으로부터 시간이 흐른 후 기억을 통해 그
녀들을 재구성했던 내 잘못으로, 그동안 그녀들은 나와
나눈 대화들을 통해 처음처럼 솔직해지는 것을 우려하게
되었던 것이고, 모든 것을 망쳐 버린 건 나 자신이다.

—『사라진 알베르틴』[5]

무례한 멸시의 시선으로 생각되었던 질베르트의 눈빛, 모
욕적인 외설적 행동으로 받아들인 그녀의 손짓이 사실은 모
두 마르셀에 대한 질베르트의 적극적인 관심과 초대의 표현
이었다. 그런데 질베르트를 자신보다 지나치게 우월한 존재
로 여겼던 선입견 때문에 마르셀은 그녀가 보내는 신호를 완
전히 반대로 이해했던 것이다.

우리는 일상에서 마르셀과 같은 경험을 했던 적이 있던
가? 그것이 반드시 '반전'이라고 부를 만한 성격의 것은 아니
더라도 우리는 살면서 상대방을 오해하거나, 상대방에 대해

멋대로 섣부른 판단을 내리는 경우가 의외로 많다. 타인에 대한 그런 선입견은 주로 그에 대한 주변의 평판이나 어긋난 소통에서 발생한다. 시간이 흐른 후 어떤 계기로든 그와 진정성 있는 대화를 나누거나, 상당한 시간을 함께 보내게 되면 내가 처음에 그에 대해서 어떻게 그런 생각을 할 수 있었는지 신기할 따름이다. "나의 사회적 인격은 타인의 생각의 산물이다."[6]

두 번째 종류의 반전에 해당하며, 가장 극적인 뒤집힘을 제공하는 장면으로 바로 위에서 살펴본 마르셀과 질베르트의 대화로 되돌아갈 필요가 있다. 어린 시절 마르셀에게는 두 세계, 두 '쪽'이 있었다. 하나는 '스완네 쪽'이고, 다른 하나는 '게르망트 쪽'이다. 스완은 앞서 잠시 언급했듯이 유대인 미술품 수집가이자 재력과 교양을 갖춘 예술 애호가로, 마르셀에게 상층 부르주아의 세계를 상징한다. 게르망트는 가문의 역사가 중세 시대 왕족에까지 거슬러 올라가며 마을에 고성을 소유한, 그들의 선조는 마르셀이 일요일 미사를 드리러 방문하는 성당의 스테인드글라스와 장식 융단에 장식된, 수백 년 역사를 자랑하는 전통 가문의 세계다. 마르셀 가족은 스완과는 부모 세대부터 가깝게 지내고 저녁 식사에 초대하는 사이라면, 게르망트는 감히 범접할 수 없는 세계, 상상으로만 이미지를 그려 보는, 입장이 차단된 세계다. 마르셀의 가족은 굳이 분류하자면 평범한 소부르주아로, 스완네 쪽에 가깝다고 할 수 있다.

그 두 이질적인 세계는 오죽하면 자연 풍경조차도 다르다. 마르셀 가족이 즐겨 산책하는 길이 두 개 있다. 두 산책로가 향하는 곳에 각각 스완의 집과 게르망트의 성채가 있다는 이유로 마르셀 가족은 "오늘 날씨를 보니 언제 당장이라도 소나기가 내릴 수도 있을 듯하니 짧게 다녀올 수 있는 스완네 쪽으로 갑시다", 혹은 "정말 청명한 날씨군요. 그렇다면 게르망트 쪽으로 가 볼까요?"라는 식으로 자기네들의 산책로를 명명하고는 한다. 스완네 쪽(혹은 지명으로 '메제글리즈'나 '탕송빌'이라고도 불리는 쪽)은 넓은 들판을 가로지르는 평평한 지대로 산책로가 이어진다. 반면 게르망트 쪽은 비본느 냇가를 끼고 이어지는 길로, 키 큰 나무들이 드리우는 그림자로 어두운 숲을 통과하기도 한다.


하지만 무엇보다 나는 그 둘 사이에, 실제 떨어진 물

리적 거리보다는 차라리 내가 그들에 대해 생각할 때면 생기는 정신적 거리를 집어넣고는 했다. 그런 거리는 둘 사이를 멀어지게 만들 뿐만 아니라, 그들을 구분 짓고, 서로를 다른 차원에 속하게 만들었다. 이와 같은 경계 획정은 같은 날 두 산책로를 결코 같이 가지 않고, 한 번은 메제글리즈 쪽을, 한 번은 게르망트 쪽을 산책하곤 했던 우리 가족의 습관이 그 둘을 멀리 떨어진 상태로, 서로가 서로를 알아볼 수 없도록, 다른 오후들로 채워진 닫힌 항아리들 속에 상호 소통이 불가능하도록 가둬 버렸기 때문에 한층 절대적인 성격을 띠게 되었다.

—『스완네 집 쪽으로』[7]

그런데 나이가 들어 마르셀이 오랜만에 유년기를 보낸 마을에 돌아와 질베르트의 집에 머물며 산책을 하다가, 그는 질베르트로부터 전혀 뜻밖의 사실을 알게 된다.

"당신이 그다지 시장하지 않다면, 그리고 시간이 너무 늦지 않았다면 여기 이 왼쪽 길로 가다가 바로 오른쪽

으로 돌면 15분도 안 걸려서 게르망트네 도착할 수 있어
요.” 그건 마치 그녀가 이렇게 말한 것과 같았다. “왼쪽으
로 가세요. 그리고 곧 오른쪽으로 도세요. 그럼 당신은 만
질 수 없는 것을 만지게 될 것이고, 지상에서 알 수 있는
것은 오로지 방향뿐인, ‘쪽’뿐인, —그것은 내가 과거에 게
르망트 사람들에 대해 알 수 있는 유일한 것이라고 생각
했던 것이었는데, 한편으로는 그렇게 믿었던 게 그리 틀
린 사실도 아니다— 멀어서 도달할 수 없는 곳에 도달할
거에요.” … 그 문장은 내가 유년기에 가졌던 모든 생각
을 뒤흔들어 놓으며, 두 쪽은 내가 믿었던 것만큼 그렇게
양립될 수 없는 존재가 아님을 깨닫게 했다.

—『사라진 알베르틴』[8]

자신이 오랜 기간 믿어 왔던 사실이 오류였다는 것을 깨닫
는 경험은 마르셀의 사고 체계를 크게 흔들어 놓는다. 두 개
의 이질적이며 결코 혼합될 수 없다고 믿었던 세계가 알고 보
니 황당하리만치 단순하게 이어져 있었다. “다른 오후들로 채
워진 닫힌 항아리들 속에 상호 소통이 불가능하도록 가둬 버

린" 두 쪽이 사실은 서로 매우 인접해 있었고, 몇 발짝만 더 내디뎠다면 이쪽에서 저쪽으로 가뿐히 넘어갈 수도 있었던 것이다.

두 세계의 경계는 애초에 존재하지 않았다. 모두 마르셀이 머릿속에 만들어 낸 구분 짓기였다. 평평한 들판의 스완 쪽, 강줄기가 흐르는 우거진 숲길의 게르망트 쪽, 자유분방하고 부유하고 예술적인 부르주아의 세계, 중세적 전통과 도도한 가풍의 아우라에 감싸인 상류 귀족의 세계… 이들은 그러나 그 끝이 연결되어 있는 두 산책로처럼 그렇게 상이한 두 종족이 아니었다.

프루스트의 예술론 중에는 화자가 종종 '은유의 법칙'이라고 부르는 것이 있다. 프루스트가 말하는 은유는 전혀 다른 두 개의 대상 사이에 숨어 있는 비밀스러운 연결고리를 발견함으로써, 둘 사이를 갈라놓던 경계를 허물고, 두 개를 이어주는 법칙을 말한다.

프루스트에 따르면 위대한 예술 작품에서 종종 이와 같은 은유를 찾아볼 수 있다고 한다. 또한 독창적인 예술가는 습관과 지성이 다른 세계에 속한다고 구분한 두 대상, 성질이 이질적이어서든, 그들 사이의 거리가 멀어서든, 그런 두 대상 사이에 존재하지만 숨겨져 있던 고리를 볼 수 있는 시선을 가진 자다.

작가라면 어떤 장소에 있는 사물들을 끝없이 나열하며 묘사할 수도 있을 테지만, 그가 두 개의 다른 사물을 보고 그들 사이에 관계를 만들어 낼 때에야, 과학에서 인과 법칙에 의한 유일한 결과에 해당하는 그것이 예술에서는 바로 이와 같은 관계인데, 그 사물들을 아름다운 문체가 갖는 필연적인 고리로 맺어 줄 때에야, 진리는 비로소 시작될 것이다. 삶에서도 마찬가지로 두 개의 다른 감각 사이에 공통의 자질을 발견할 때, 그들을 시간의 우발성으로부터 해방시키기 위해 서로를 화합시킬 때, 그들 사이에 존재하는 공통의 본질을 은유를 통해 드러낼 것이다.

―『되찾은 시간』[9]

프루스트 소설은 '이론과 실제'의 정석을 담고 있다. 추상적이며 관념적인 이론을 펼친 후, 곧 이어 친절하게도 그것을 구체적으로 실천하고 있는 사례를 제시한다. 소설 속 화가 엘스티르가 항구 풍경을 담은 그림은 프루스트의 은유 이론에 대한 실제다.

다음은 엘스티르의 은유론이다.

> 나는 그의 그림들을 보면서 각각의 매력은 우리가 시에서 흔히 은유라고 부르는 것과 마찬가지로 재현된 사물의 변모에 있음을 깨달았다. 신이라는 존재가 사물에 이름을 붙임으로써 그것을 창조한다면, 엘스티르는 그것들에 붙여진 이름을 떼어 냄으로써, 혹은 그것들에 새로운 이름을 붙임으로써 그만의 방법으로 재창조했다.
>
> —『꽃핀 소녀들의 그늘에서』[10]

이번에는 은유론에 대한 실제로서 엘스티르의 항구 그림이다.

> 집들은 항구의 일부나 정박된 배들을 가리고 있었고, 바다는 그 자체로 내륙으로 들어와 육지를 침범한 것처

럼 보였는데, 이는 발베크에서 자주 볼 수 있는 현상이기도 하다. 맞은 편 돌출되어 나와 있는 육지에 위치한 마을의 지붕들 위에는 배의 돛이 솟아오른 듯했고 (원래는 굴뚝이나 뾰족한 종탑이 있기 마련이지만), 이런 현상은 그런 집들로 하여금 배와 같은 효과를 연출하고, 이는 막상 그것이 달린 배에 무언가 도시적이며, 육지에 단단히 뿌리박고 있는 인상을 준다. 이런 인상은 부두를 따라 길게 정박된 다른 많은 배에 의해 한층 강조되었으며 배들이 어찌나 빽빽하게 들어섰는지 떨어져 있는 두 대의 배 위에서 이야기하는 사람들 사이에는 거리감이 느껴지지 않고 출렁이는 바닷물도 없는 것 같았다. 이렇게 해서 바다 위에 떠 있는 배들이라 할지라도 그것들은 육지에 세워진 것 같았다.

—『꽃핀 소녀들의 그늘에서』[11]

스완 쪽과 게르망트 쪽. 잃어버린 시간과 되찾은 시간. 얼핏 이분법의 지배를 받는 대칭 구조이지만, 이를 통해 프루스트가 진정으로 추구한 것은 구분 짓기가 아닌 조화다. 이와 같은 관계 맺기, 연결 짓기, 횡단성의 회복은 프루스트 세계관의 특질이라고 할 수 있다. 프루스트는 출생에서부터 이분법의 지배를 받는 삶으로 혼란스러웠다. 어머니의 유대교와 아버지의 가톨릭교, 이성애와 동성애, 기억과 망각, 신화와 종교… 그리고 이런 혼란을 정리해 주고, 나아가야 할 길을 그는 바로 은유의 법칙에서 발견했다.

우리가 다르다고, 하물며 완전히 반대된다고 믿는 두 세계는 사실 서로 통하는 세계일 수 있다. 그리고 그것을 가능하게 하는 것은 예술가의 시선이다. 이와 같은 각성은 프루스트가 두 세계 사이에서 느끼던 혼란으로부터 자유롭게 해 주었고, 그를 둘러싼 이질적인 세계들을 두 팔 벌려 끌어안을 수 있는 포용력을 키워 주었다.

프루스트는 자신을 도와 영국 사상가 존 러스킨의 저서를 프랑스어로 번역하는 데 절대적인 도움을 준 마리 노들링거에게 보낸 1905년 2월 자 편지에서 러스킨과 예술적으로 앙숙이자, 그를 명예훼손죄로 고소까지 했던 미국 화가 제임스 맥닐 휘슬러의 예술론을 언급하며 다음과 같이 쓰기도 했다.

러스킨과 휘슬러의 예술론에 대해 깊이 생각할수록, 저는 그 두 화가의 이론이 양립할 수 있다는 데 확신을 갖게 되었습니다. 휘슬러가 「열 시」에서 예술은 도덕과 구분된다고 하는 부분은 합당합니다. 하지만 러스킨 또한 모든 위대한 예술은 도덕과 일치한다고 말할 때, 다른 면에서 그의 말도 틀리지 않습니다.

— 1905년 2월 9일(혹은 10일) 자 편지[12]

얼마 전, 어느 노래방 도우미의 인터뷰 기사를 읽은 적이 있다. 그녀는 '술집 여자'라고 자신을 소개했는데, 내란죄 혐의 피의자에 대한 탄핵 촉구 시위 현장에서 무대에 올라 연설을 하기도 한 용기 있고, 깨어 있는 시민이었다. 직업상 만나게 되는 다양한 종류의 사람들 중 극우라고 할 수도 있고, 여성혐오자라고 할 수도 있는 손님들에 대해 그녀가 한 말이 인상적이었다. 그녀는 얼핏 자신과 가장 극단적인 상충 관계에 있는 그들이 알고 보면 자신과 그렇게 다르지 않음을 진심으로 이해하게 되었다고 했다. 그녀가 프루스트를 읽었는지는 모르겠다. 하지만 그녀의 깊은 삶의 경험과 진정성 있게 상대

방과 대화를 나누며 깨닫게 된 인생 교훈은 프루스트의 세계
관과 닮은 모습이다.

여기서 앞에서 미뤄 두었던 소설의 마지막 에피소드인 게
르망트 대공 저택에서의 모임을 살펴보기로 한다. 첫 에피소
드에 해당하는 '취침 사건'과 마찬가지로 마지막 에피소드인
'가면무도회' 또한 생각했던 것과는 완전히 반대로 그 자리에
서 상황이 역전되는 전개를 보여 준다는 점에서 첫 번째 종류
의 반전에 해당한다. 해당 에피소드를 '가면무도회'라고 부르
지만, 실제로 가면을 쓴 사람들이 등장하여 춤을 추는 무도회
는 아니다. 밀가루를 뒤집어쓴 듯 머리가 하얗게 세고, 주름
이 얼굴을 덮은 '시간의 가면'을 쓴 지인들을 오랜만에 보게
되는 장면이다.

마르셀은 전쟁통에 한동안 못 보던 친구들을 보게 되는 것
에 대한 설렘은 전혀 없다. 오히려 자포자기의 심정으로 발걸
음을 옮긴다. 그는 더 이상 작가로서의 미래에 대한 꿈도, 재
능에 대한 믿음도 잃은 지 오래다. 그의 삶은 권태와 무력감
으로 우울할 뿐이다. 그렇다면 날아든 초대장에 나를 맡긴들
잃을 것이 무어랴. 시간을 아낄 필요도 없는데. 내게 남아 있

는 것은 넘치는 시간뿐인데.

　　곧 오랫동안 보지 못했던 많은 친구들이 틀림없이 내게 앞으로는 이렇게 혼자 고립되어 지내지 말라고, 나의 나날들을 그들에게 내어 달라고 요구할 것이 분명하다. 나는 그들의 말을 거부할 이유가 전혀 없었다. 이제는 내가 잘할 줄 아는 게 아무것도 없다는 사실에 대한 증거가 있고, 문학은 내게 더 이상 그 어떤 즐거움도 일으키지 않기 때문이다. 재능이 없는 나의 잘못 때문이건, 아니면 문학이라는 게 내가 믿었던 것보다 실재를 그만큼 진실되게 품고 있지 않는 문학 자체의 잘못 때문이건 말이다. …

　　조금 전에 내 머릿속에 떠오르던 슬픈 생각들을 곱씹으며 나는 게르망트 저택의 안마당에 들어갔는데 상념에 빠져 있던 지라 지나가는 자동차를 보지 못했다. 운전사의 고함에 나는 황급히 옆으로 비키면서 뒷걸음질 쳤고, 그 순간 차고 앞쪽으로 고르지 못하게 깔려 있던 포석에 발부리가 걸려 휘청였다. 내가 균형을 잡으면서 한쪽 발을 그전 것보다 살짝 낮게 깔린 포석에 올려놓는 순간 내

삶의 여러 시절에 걸쳐 느꼈었던 것과 같은 종류의 희열이 엄습했고, 그 앞에서 모든 절망은 사라졌다. 그런 희열을 나는 발베크 주변을 자동차로 여행하며 봤던 나무들, 마르탱빌 성당의 종탑들, 차에 적신 마들렌의 맛, 그리고 내가 말했던 적이 있고, 뱅퇴유의 마지막 시기 음악들이 종합한다고 생각한 감각들 앞에서 느꼈었다.

— 『되찾은 시간』[13]

마지막 에피소드에서의 반전은 가장 기대하지 않던 순간, 오로지 절망만이 지배하는 듯한 순간에 기적적으로 이 모든 우울한 것들을 물리치는 희망의 찬란한 승리에 있다. 마르셀의 그토록 긴 여정을 함께 한 독자는 저도 모르게 주인공에게 감정적으로 이입했다. 그의 아픔에 함께 아파하고, 그의 섬세함에 혀를 내두르면서도 이해하고, 그의 어리숙함에 답답해하면서도 조금씩 인간과 인생에 대한 진리를 깨달아 가는 전 과정에 응원을 보냈다. 그런데 가장 중요한 문제, '나는 무엇인가? 무엇을 해야 하는가?'에 여전히 답을 찾지 못해 헤매다가, 마침내 작가로서의 소명을 깨닫는 마지막 장면에서 우리도 마르셀이 느끼는 희열을 느끼고, 마르셀이 듣는 승리의 찬가를 듣는다. 혹자는 이 장면에서 마르셀의 환희를 종교적 열광, 혹은 육체적 엑스터시에 비교하며, 독자에게 그 황홀감이 그대로 전달된다고 하는데, 그 말에 상당히 공감한다.

스완 쪽과 게르망트 쪽 산책로가 지리적으로 연결되어 있다면, 프루스트는 한 걸음 더 나아가 두 세계는 사회문화적으로도 융합될 수 있고, 생물학적으로도 합체될 수 있음을 보여준다. 두 세계의 이와 같은 총체적인 혼합의 결과로 질베르트(스완의 딸)와 로베르 드 생루(게르망트 공작의 조카)가 결혼하여, 둘 사이에 태어난 소녀가 마르셀 앞에 나타난다. 모든 이들이 시간의 가면을 쓴 가장무도회에서 생루 양만이 젊음과 순수함 자체다.

풋풋한 십 대 소녀의 등장. 가히 '꽃핀 소녀'라고 부를 수 있는 그녀에게서 마르셀은 자신의 젊은 시절을 겹쳐 봄과 동시에 새로운 시대의 출현을 본다. 자신의 믿음, 선입견, 상상이 빚은 어리숙하고 혼란스러웠던 세계에 소녀의 미소가 빛을 비추자 명확하고 선명해진 실재가, 진리가 손에 잡힐 듯 밝혀진다. 구시대는 막을 내리고, 바야흐로 새로운 시대가 열렸다.

나는 질베르트가 내 쪽으로 오는 것을 보았다. 그 순간 생루의 결혼이나 그 밖에 내가 생각하고 있던 것들은 그날 아침에 하던 생각, 또 그 전날 하던 생각과 별반 차이가 없는 것들이었는데, 질베르트 옆에 대략 열여섯 살 정도 되어 보이는 키가 큰 소녀를 보게 되어서 놀랐다. 그 아이의 키는 내가 보기를 원하지 않았던 거리를 증명하고 있었다. 보이지도, 만져지지도 않는 시간이 내가 그것을 보고 만질 수 있도록 소녀를 통해 육체화 된 것 같았으며, 시간은 그 아이를 위대한 예술 작품으로 주조한 반면, 내게는 그저 생채기만 남겼을 뿐이다. 생루 양은 내 앞에 그렇게 나타났다. 그녀의 두 눈은 놀라울 정도로 깊고 강렬했으며, 약간 긴 매력적인 코의 굽은 형태는 새의 부리를 떠올렸는데, 스완의 코가 아닌 생루의 그것을 닮았다. 그녀에게서 게르망트 가문의 정신세계는 찾아볼 수 없었고, 두 어깨 위에 올려진, 깊은 눈을 가진 아름다운 새의 얼굴은 그녀의 아버지를 알던 사람들로 하여금 우수에 젖게 만들다.

마침내 시간에 대한 나의 생각은 마지막 대가를 요구

했다. 지난 삶을 살면서 때때로, 섬광처럼 내가 게르망트 쪽에서, 빌파리지 부인의 자동차 안에서 느꼈던 것, 삶은 살 만한 가치가 있다고 생각하게 만들었던 바로 그것을 완성하고 싶다면 이제는 시작할 때라고, 시간은 바늘처럼 나를 찌르며 재촉했다. 그것을 한 권의 책으로 실현할 때, 어둠 속에서나 보던 그것을 마침내 선명하게 밝힐 수 있다고 생각된 지금, 우리가 끊임없이 오류에 빠트렸던 그것을 우리는 비로소 본래의 모습 그대로 되돌려 놓을 수 있을 것이다.

— 『되찾은 시간』[14]

마르셀은 두 세계가 생루 양을 통해 합체되고, 조화를 이룬 것을 확인한다. 그리고 한 발 더 나아가 그는 생루 양의 모습에서 시간의 흐름을 체감하고, 자신이 앞으로 써야 할 책의 필연성을 깨닫는다. 이 모든 시간이, 세계가, 경험이, 결국은 그가 쓰게 될 책을 위한 필수 요소였다. 잃어버렸다고 생각한 시간은 미래의 책을 통해 되찾게 될 것이다. 삶이 잿빛으로 보일 때, 믿기 어렵겠지만 가장 기대하지 않은 순간, 가장 기대하지 않은 곳으로부터 희망의 빛이 나를 비출 수 있다.

평생 프루스트 읽기를 즐겼던 롤랑 바르트는 『잃어버린 시간을 찾아서』를 3막극 작품에 비유한 바 있다. 1막은 작가가 되고 싶은 욕망, 2막은 글쓰기를 방해하는 내외적 요소들의 잔치, 3막은 글쓰기 소명의 재발견에 관한 것이라고 한다. 고개를 끄덕이게 만드는 분석이 아닐 수 없다. 바르트는 또 다른 글에서 이 소설은 '반전의 법칙'이 지배하고 있다고 주장한다. 즉 마르셀은 인물이나 상황을 관찰하고, 나름의 가정과 추론을 한다. 그러나 종국에는 반대 사실을 확인하는 패턴이 반복된다는 것이다.

바르트의 위와 같은 분석의 요지는 『잃어버린 시간을 찾아서』가 느슨하지만 결국 정통적인 서사 구조를 따른다는 것이다. 세 단계로 구성된 정통 구조, 독자의 기대를 저버리지 않는 결론은 긴 여정 끝에 마침내 글쓰기를 통해 구원받는 마르셀에게 고대 서사시의 영웅에 맞먹는 장엄함을 부여하기조차 한다. 많은 연구자들이 프루스트의 '현대성'을 이야기할 때, 앙투안 콩파뇽은 프루스트의 '반현대성(antimodernité)'을 지적한 이유다.

그것이 3막극으로 불리건, 반전의 법칙이라고 불리건, 바르트가 『잃어버린 시간을 찾아서』를 통해 발견한 진리는 '쉽게 절망한다는 것의 어리석음'으로 요약될 수도 있지 않을까?

하지만 때때로 모든 것을 잃었다고 생각되는 순간, 구원의 손길이 찾아온다. 출구 없는 모든 문들을 두들겨 보았건만, 긴 시간 헛되이 찾았던 유일하게 열리는 문에 우리는 알지도 못한 채 부딪히고, 그 문이 열린다.

—『되찾은 시간』[15]

4

—

# 디테일

프루스트가 『잃어버린 시간을 찾아서』의 1편인 『스완네 집 쪽으로』를 출간했을 때, 앙리 게옹이라는 평론가는 다음과 같은 서평을 발표한다.

한 번에 모든 요소들과 형태를 알아볼 수 있는 문학 작품을 대할 때 우리가 느끼는 유기적 만족감을 프루스트는 고집스럽게 거부한다. 다른 작가라면 숲속에 빛을 밝히고, 공간을 관리하고, 시야를 트이게 만드는 데 쓸 시간을 프루스트는 숲에 있는 나무가 몇 그루인지 세고, 각

각의 나무 종류를 구분하고, 가지에 달린 이파리가 몇 장
이고 바닥에 떨어진 것은 몇 장인지를 세는 데 온통 써 버
린다. 더구나 그는 각각의 나뭇잎 모양이 어떤지, 잎맥 하
나하나, 이파리의 앞면에 이어 뒷면까지도 묘사한다. 이
렇게 프루스트는 자기 앞에 놓인 시간을 즐기고 그의 소
설을 장식한다.

— 〈신프랑스평론〉, 1914년 1월 1일 자 서평[1]

게옹이 불만을 표출했던 근본적인 이유는 프루스트가 지
나치게 세세한 디테일에 집착했다는 데 있다. 설령 디테일에
집착하는 것이 작가로서의 전제 조건들 중 하나라 하더라도,
그것들을 관찰한 후 일종의 가치 판단을 통해 중요한 것만 선
별하고, 나머지는 과감히 버릴 줄 알아야 하는데, 프루스트는
본 것들을 모조리, 다 글로 옮겼다며 짜증 섞인 불만을 표출한
다. 유기적인 흐름이 느껴지는 이야기 전개를 통해 소설이 전
체적으로 탄탄하게 구성되어 있다는 인상을 주려는 노력 대
신에 프루스트는 대수롭지도 않은 작은 것들, 너무나 미미한
것들을 강박적일 정도로 자세하게 관찰하고 그것들을 표현하

는 데 온통 시간을 할애한다는 것이다. 이에 대한 프루스트의 답변을 살피는 일은 잠시 유보한다.

프루스트만이 유일하게 디테일에 집착한 작가는 아니다. 존 러스킨은 빅토리아 시대 영국의 저명한 문예평론가이자 사회운동가, 예술사가, 화가였던 유명 인사인데, 프루스트는 러스킨의 저서 두 권(『아미앵의 성서』, 『참깨와 백합』)을 프랑스어로 번역하기도 한다. 미학에 윤리학을 접목한 러스킨의 예술론이 종국에는 프루스트를 질리게 만든다.

하지만 그는 러스킨의 사상을 접하면서 중세 건축과 조각의 생동감에 매료되기도 하고, 르네상스 베네치아 화가들의 화려함을 재발견하기도 한다. 러스킨은 그의 저서 『긴축의 칠등』에서 고딕 성당 예찬을 펼치는데 프루스트는 이 책을 읽으며 감동한다. 프루스트는 러스킨이 책에 소개한 아미앵 성당이나 루앙 성당을 방문하기도 한다. 이때 러스킨의 이 책을 여행안내 책자 삼아 늘 지참하고 다닌다.

러스킨이 사망한 1900년, 프루스트는 일련의 추모 기사를 발표하여, 소위 러스킨 전문가로 프랑스에서 한때 통하기도 한다. 다음은 「존 러스킨」이라는 기사에서 프루스트가 인용하는 러스킨 글의 일부다. 러스킨은 루앙 성당의 '서적 상인들의 문'에 조각된 수백 개의 작은 인물의 형상들 중에서 유독 시선을 끄는 하나의 작은 조각상에서 눈을 떼지 못한다.

짓궂은 장난기가 가득한 표정의 그 조각상은 지루함에 어쩔 줄 모른 채 한 손으로 턱을 괴고 있고, 그러다 보니 불룩 올라온 볼살로 눈 밑에는 쭈글쭈글한 주름이 잡혀 있다. 섬세하게 제작된 판화에 비교하면 그 모습은 매우 조악하게 조각된 것처럼 보이기도 한다. 하지만 성당을 구성하는 여러 문들 중 하나의 바깥쪽에 위치한 틈새를 메꿀 요령으로 조각된 형상이라는 사실을 떠올리면, 또 삼백여 개의 비슷비슷한 조각상들 중에 고작 하나에 불과하다는 사실을 떠올리면, 그 조각상은 당시 고딕 예술의 가장 고귀한 생동감을 증언하고 있다.

— 『모작과 잡록』[2]


그 자신이 매우 재능있는 소묘 화가였던 러스킨은 그의 저서 『건축의 칠등(Seven Lamps of Architecture)』에 문제의 그 "짓궂은

존 러스킨의 저서 『건축의 칠등』에 실린 판화. 루앙 성당의 '서적 상인들의 문' 위에 조각된 턱을 팔로 괴고 있는 형상. 러스키이 직접 그렸다

장난기가 가득한 표정의 조각상"을 판화로 제작하여 도판에 싣기도 한다. 러스킨을 기리는 순례자의 심정으로 그가 경배해 마지않았던 프랑스 고딕 성당 답사를 떠난 프루스트는 해당 저서를 옆구리에 낀 채 루앙 성당을 방문한다.

하지만 내가 그 거대한 성당 앞에 도착해서 태양 빛

을 쪼이고 있는 성인 조각상들이 있는 문과 그 위로 아무도 살고 있지 않을 것이라 믿었던 높은 고지에도 빛을 발하며 장엄하게 서 있는 왕들의 갤러리를, 한쪽 외딴곳에는 새들이 쉬어 갈 수 있도록 자신의 이마를 내주고 있는 은둔자를, 다른 쪽에는 날아온 천사가 전해 주는 메시지에 귀 기울이고 있는 전도사들을, 날개를 퍼덕거리는 비둘기들 아래에서 자신의 날개는 곱게 접은 그 천사 옆에서 아이를 업은 채 거칠고 속되게 고개를 돌린 상태로 수백 년 동안 같은 자세로 서 있는 인물을, 포오치 앞에 가지런히 서 있거나 높은 기둥의 난간에 비스듬히 몸을 기울인 채 아침나절의 햇빛을 쏘이거나 시원한 그늘 아래에서 쉬고 있는 신비로운 도시의 돌로 만든 주인들의 모습을 보자 이와 같은 초인적인 군중 사이에서 단 몇 센티미터에 불과한 조각상을 찾는 일은 불가능하다는 사실을 깨달았다. … 그 순간 갑자기 젊고 재능이 있는 유망한 조각가인 이트만 부인이 말했다. “저기 그림과 닮은 조각상 좀 보세요.” 우리는 시선을 조금 아래로 내렸다. 그리고 드디어 발견했다. 그 조각상은 십 센티미터가 채 안 되었다. 얼굴에는 과연 주름이 잡혀 있었고, 동공이 있어야 할 자리에는 작은 구멍이 뚫려 있었다. 그 즉시 나는 조각상을 알아봤다. 이미 수백 년 전에 죽은 예술가는 여기 이곳에 수천 개의 다른 형상들 사이에 매일 조금씩 죽어 가는 이 작은 인물을, 타인들로 이루어진 군중 속에서 영원히 잃어버린, 이미 오래전에 죽은 그 작은 인물을 남겼다. 그럼에도 예술가는 그 인물을 거기에 만들어 두었다. 그러다 어느 날, 한 남자가 나타난다. 그는 죽음에서부터 자유로운 남자, 물질적 영원에서, 망각에서 자유로운 남자로 우리를 압살하는 이 공허함을 멀찍이 밀어 버린 채 그의 삶을 지배하는 필연적인 목표물을 향해 전진히며, 기품을 가득 머금은 서로 닮은 돌 조각상들의 밀려오는 파도 틈새에서 삶을 지배하는 온갖 법칙을, 영혼의 모든 생각을 발견하며 각각의 조각상에 이름을 붙이고, 그들의 이름을 부른다.

─『모작과 잡록』[3]


성당의 정문도 아닌 북문 위쪽 외벽을 장식하는 수백 개의

조각상들은 방문객이나 미사를 드리러 오는 신자들의 눈높이
보다 한참이나 위에 자리 잡고 있어서 웬만하면 제대로 쳐다
보지도 않게 된다. 하지만 12세기 중세 시대에 이름 없는 한
장인은 온 마음을 담아 즐거움을 느끼며, 그 장난기 가득한 형
상을 한구석에 표현해 놓았다. 누가 한 번이라도 쳐다보건,
아니면 수백 년간 단 한 번도 시선을 받지 못하건 그런 것에는
아랑곳하지 않은 채, 그 장인은 기괴하면서도 우스꽝스러운
표정의 그 형상을 새겨 넣었다. 그 누구를 위한 것도 아닌 스
스로의 즐거움을 위해서 그 형상을 빚었을 장인을 생각하면
그것을 완성한 순간에 그가 지었을 회심의 미소가 보이는 듯
하다.

그를 과연 예술가라고 부를 수 있을까? 러스킨에 의하면
그것은 중요하지 않다. 누구의 마음에 들기 위해 작업을 하는
대신 오로지 그 자신을 위해 돌을 깎고 표면에 광을 낼 때, 그
는 진정한 가치 있는 일을 한 것이고, 그 결과로 태어난 조그
만 형상은 그렇게 수백 년간 비와 바람을 맞은 채 죽어 있다가
어느 날, 영국에서 온 범상치 않은 영혼의 예술가에 의해 이름
이 불리고, 긴 잠에서 깨어나 생명력을 띠게 된다. 그리고 그

러한 영국인을 흠모한 또 한 명의 젊은 프랑스 작가는 지인들과 떠난 러스킨 순례 여행에서 그의 우상을 매료시켰던 조그만 조각상을 극적으로 찾아내고, 그것은 다시 전 세계 수많은 프루스트 애호가들에 의해 읽히고, 독자의 상상 속에서 무한히 확장하는 힘을 발휘하여 생명력은 배가 된다.

이 기괴한 작은 조각상에 대한 프루스트의 관심은 존 시어도어 존슨 등을 위시한 여러 프루스트 연구자들에 의해 조망된 바 있다. 그들은 공통적으로 이 글에서 프루스트에게 친숙한 '예술적 순례 여행' 테마를 읽는다. 한때 러스킨에 심취했던 젊은 프루스트는 중세 시대 건축물로서 고딕 성당을 하나의 '책'이자 '성서'로 읽을 수 있다는 러스킨의 묘사를 접하며 아미앵 성당과 루앙 성당 등을 방문한다. 또한 프루스트가 미완성으로 남긴 인상파 화가 클로드 모네에 대한 글에서는 화가의 수련 연작에 바치는 순례 여행으로 모네가 집을 짓고 정원을 가꾸며 지냈던 지베르니를 찾아가는 미술 애호가를 묘사한다. 『꽃핀 소녀들의 그늘에서』 중 마르셀이 화가 엘스티르가 그린 크뢰니에의 절벽들을 보고 직접 그 장소를 찾아 가 보고 싶은 충동을 느끼는 것도 동일 선상에 있다.

그러나 동시에 프루스트는 예술적 순례 여행을 우상숭배의 한 종류로 간주하고 그 허상을 꼬집는다. 같은 의미에서 마르셀에게 소설도 그림만큼 위험한 존재다. 스탕달의 『파르마의 수도원』에 빠져 마르셀은 이탈리아의 파르마를 방문하고 싶은 열망에 휩싸인다.

『파르마의 수도원』을 읽은 후 내가 가장 가 보고 싶은 마을 중 하나가 된 파르마는 그 이름을 통해 내게 촘촘하고, 매끄러우며, 보라색을 띤 온화한 마을로 인식되었고, 파르마에 가서 내가 머물게 될 집은 촘촘하고, 매끄러우며, 보라색을 띤 온화한 집일 것이라 상상하며 즐거워했다. 이탈리아의 다른 어떤 집들과도 구분되는 그 집을 나는 오로지 파르마라는 이름을 구성하는, 공기가 전혀 통하지 않는 무거운 음절, 그리고 스탕달 소설에서 파생된 온화함과 제비꽃에서 투영된 이미지에 기대어 상상한 것이었다.

— 『스완네 집 쪽으로』[4]

그러나 모네의 수련을 찾아 지베르니를 방문한들, 스탕달 소설에 심취하여 파르마를 방문한들, 실제 지베르니와 파르마는 순례자에게 예술 작품을 통해 받았던 동일한 감동을 일으키지 못한다. 실망감을 안겨줄 뿐이다. 내가 만든 이미지는 나의 믿음에 의해 빚어진 것이다. 실제 대상과는 별 관계가 없다. 내면의 실재와 외부 대상이 일치하기를 기대하는 마음이 번번이 좌절되는 이유다. 마르셀이 게르망트 공작 부인에게 실망하고, 발베크의 성당을 방문하고 매번 실망하는 이유다.

하지만 이와 같은 환상-환멸의 반복되는 패턴에도 불구하고 마르셀은 끝없이 미지의 장소, 신비의 여인에 매료된다. 인간은 롤랑 바르트의 말마따나 욕망을 가진 주체이기 때문이다. 인간에게는 믿음에 대한 욕망이 있다. 믿는 자는 행복하고, 행복은 믿는 동안

인간에게는 믿음에 대한 욕망이 있다.

지속된다. 자신이 빚은 실재가 외부 대상과의 마찰을 통해 무너지는 환멸을 경험하더라도, 그는 다시 믿기를 반복한다.

다른 한편으로 예술적 순례 여행은 공허한 우상숭배가 될 수 있다. 실제 장소 방문을 통해 느끼는 실망감을 통해 예술가에 대한 지나친 숭배와 예술 작품의 신성화에 경계를 표한 것으로도 볼 수 있다. 특정 대상에 대한 모든 극단적인 숭배나 가치의 절대화를 의심하며 프루스트는 그러한 자세와 거리두기를 한다.

이는 『잃어버린 시간을 찾아서』의 화자가 자신이 쓸 책을 하나의 거대한 성당이자 해진 부분에 천 조각을 덧대어 기운 낡은 치마에 비유하는 부분에서도 드러난다. 자신에게 남은 시간을 온전히 자신의 책을 쓰는 데에 바치기로 결심하면서도 그 책을 우상화하기를 거부한다. 목숨과도 바꿀 만큼 그렇게도 절실한 일이면서도, 그 책의 상대적인 가치를 누구보다도 명쾌히 인식하고 있다.

"한 번 태어난 것은 영원히 살게 된다. 물질은 중요하지 않다."[5] 이 말에는 아무리 사소한 것이라도, 아무도 쳐다보지 않은 보잘것없는 것이라도 이 우주에 한 번 태어난 것들은 어떤 식으로든 그 존재를 유지하게 되고, 설령 긴긴 시간 완전히 잊힐지라도 기적적인 우연에 의해 그것을 알아보는 하나의 영혼에 의해 언젠가는 어떻게든 제2의 삶을 살 수 있다는 순박하고도 정겨운 믿음이 있다.

프루스트의 이와 같은 믿음은 『스완네 집 쪽으로』에서 다르게 표현되기는 하지만 비슷한 내용으로 재연된다. 마들렌 에피소드가 시작되기 직전이다. 화자는 유년 시절을 보냈던 콩브레를 떠올리려고 하는데 그럴 때마다 겨우 밋밋하고 건조한 기억의 편린들만이 떠오를 뿐이다. 행복했던 천국의 콩브레, 그것의 본질은 빠져나간 채 폭이 좁은 계단에 의해 연결된 1층과 2층, 그리고 위층에 있던 자신의 방, 긴 불면의 밤을 보내야만 하는 어둠에 잠긴 방을 떠올리며 상심하고는 했던 것이다. 그와 같은 콩브레는 죽은 콩브레다.

영원히 죽은 것일까? 가능한 일이다.

이 모든 것에는 우연이 많이 작용한다. 우리의 죽음이라는 두 번째 우연은 첫 번째 우연이 가져다줄 수 있는 호의를 오래 기다려 주지는 않는다.

켈트인들의 믿음을 나는 참 합리적이라고 생각한다.
그들은 죽은 자들의 영혼이 열등한 어떤 존재, 가령 짐승
이나 식물, 혹은 유기체가 아닌 것들에 갇혀 있다고 믿는
다. 그러다가 어느 날 우연히 한 그루의 나무 옆을 지나
가게 되는데, 그 나무에는 죽은 자의 영혼이 갇혀 있었다.
물론 어떤 이들에게는 이런 순간이 한 번도 찾아오지 않
을 수도 있지만 그 기적적인 순간이 찾아오면 갇혀 있던
영혼은 소스라치며, 우리의 이름을 부르고, 우리가 그것
을 알아보는 순간 마법이 풀린다. 우리에 의해 해방된 그
영혼은 죽음에서 승리를 쟁취하여 그 순간부터 우리 곁
에서 우리와 함께 살게 된다.

― 『스완네 집 쪽으로』[6]

망자의 영혼이 어떤 형태의 사물에 오랜 시간 깃들어 있다
가, 그것을 우연히 알아본 자에 의해 해방되고 새로운 삶을 살
게 된다는 켈트인들의 믿음을 프루스트가 좋아한 이유는 결
국 그가 러스킨의 조각상을 애정한 것과 일맥상통한다. 그 조
각상이 러스킨의 시선을 만났을 때, 그 안에 수백 년간 갇혀

있던 중세 장인의 영혼은 부활하게 된 것이고, 러스킨에 이어서 이번에는 프루스트와 함께, 또 프루스트의 독자인 우리들과 함께 그 장인의 영혼은 우리 옆에서 우리와 더불어 영원한 삶을 누리게 된다.

예술가라고 불리지조차 못한 무명의 한 노동자였건만, 그 중세의 장인은 자신의 온 마음을 담아 즐겁게 끌로 돌을 깎았다. 그래서 지루함 속에서 어떤 재미난 장난을 한 번 쳐보나 궁리하는 표정의 형상을 새길 수 있었으리라. 그 장인은 자신의 작품에 감히 서명을 남길 생각조차 하지 않은 소박한 노동자였다. 그 형상을 누가 보리라 기대하지도 않았고, 누구에게 부여 주기 위해 만든 것도 아니었으리라. 그저 그 순간, 그 장소에서 자신이 해야 할 일을 묵묵히, 기꺼이, 즐거움을 느끼며 했다. 그런데 바로 가장 중요한 그 이유 때문에 결국 그 형상은 러스킨의 시선을 사로잡을 수 있었다. 러스킨과 함께 그 형상은 수백 년 동안의 침묵 이후에 자신의 존재의 의미를 증명했고, 자신을 만든 주인의 영혼을 부활시켰다.


타인의 구미에 맞추어 일할 때 우리는 성공하지 못할

수 있지만, 자신을 만족시키기 위해서 일할 때 그 결과는
반드시 누군가의 공감을 끌어내기 마련이다. 내가 그렇
게나 좋아한 무엇이 아무에게도 같은 느낌을 주지 못한
다는 것은 현실적으로 불가능한 법이다. 우리가 생각하
는 만큼 이 세상 사람들은 그렇게 독특하지 않기 때문이
고, 천만다행으로 삶에서 그토록 큰 기쁨을 주는 호감과
이해심으로 우리의 개인성은 보편적인 틀 속에 짜여 있
다. 우리가 물질을 분석하듯 영혼을 분석할 수 있다면, 표
면적으로는 사물이 다양하게 보이는 것처럼 영혼 또한
다양해 보이지만, 그 아래에는 사실 단순한 물질들과 더
이상 축소될 수 없는 기본적인 요소들이 자리하고 있고,
우리의 개성이라고 믿는 것을 구성하는 물질들은 상당히
일반적이며, 우주 도처에서 발견된다는 사실을 알 수 있
을 것이다.

─『모작과 잡록』[7]

고개를 뒤로 젖혀 시선을 위로 향할 때에야 겨우 볼 수 있
는 아주 작은 형상을 찾아 시작한 여정이 결국은 프루스트의

예술가론으로 귀결된다. 프루스트는 윗글 어디에도 예술가의 자세와 임무에 대해서 말하지 않지만, 결국 장인의 작업에서 진정한 예술가가 추구해야 할 자세를 제시하고 있다. 다소 순박한 감이 있고, 단순한 시각이라 여겨지기까지 한다. 그러나 동시에 가장 기본적이고 정겨운 가치임은 사실이다.

이런 프루스트의 취향은 『되찾은 시간』에서 작가가 직접 개입하며 등장하는 다음 장면에서 동일한 반향을 일으키며 확인된다. 허구와 실재의 경계를 무너뜨리는, 시대를 한참이나 앞서는 포스트모더니즘 서사 기법에 버금가는 대담성을 증명하는 장면이라고 할 수 있다.

프랑수아즈는 소설 속 미르셀 집안의 하녀다. 실제로는 프루스트의 개인 비서였던 충직한 셀레스트 알바레(Céleste Albaret, 1891-1984)가 프랑수아즈의 모델 중 한 명으로 언급된다. 실존 인물인 셀레스트에게는 전쟁에 참여했다가 아내만 남겨둔 채 25세에 전사한 조카가 있었고, 또 라리비에르(Larivière)라는 이름의 은퇴한 부유한 사촌들도 있었다. 그런데 '강'(江, 프랑스어로는 정관사를 붙여 '라 리비에르(la rivière)')을 뜻하는 너무나 프랑스적인 이름의 이들이 소설 속에 실명으로 깜짝 등장한다.

프랑수아즈의 백만장자 사촌들은 사실 전사한 조카의 젊은 미망인과는 아무 관계가 없었음에도 그들은 10년 전 은퇴한 후 살기 시작한 시골을 떠나 다시 카페를 열었다. 그러나 수입에는 일절 손을 대지 않았다. 그 부자 사촌 여인, 진정한 귀부인인 그녀는 딸과 함께 매일 새벽 6시에 일어나 옷을 갖춰 입고, 조카의 처를 돕기 위해 두 팔을 걷었다. 그렇게 3년 전부터 그녀들은 새벽부터 밤 9시 반까지 하루도 쉬지 않고 종일 설거지를 하고, 음료를 내왔다. 허구가 아닌 것은 하나도 없는 이 책, 실제 인물은 한 명도 없는 이 책, 내가 증명하고자 하는 필요성에 의해 모든 것이 지어낸 이 책에서, 내 나라에 찬사를 보낼 수 있도록 해 주는 이런 사람들, 아무 출구도 없던 조카며느리를 돕기 위해 안락한 노후의 삶을 포기한 프랑수아즈의 백만장자 사촌들만이 유일하게 실제 존재하는 사람들, 살아 있는 사람들이라고 말할 수 있다.

—『되찾은 시간』[8]

"내가 증명하고자 하는 필요성에 의해 모든 것이 지어 낸

이 책"이라는 표현에는 프루스트가 그의 소설을 대하는 자세가 축약되어 있다. 과학자가 자신의 이론을 증명하기 위해 실험을 하듯 프루스트는 소설에 대한 그의 이론을 증명하기 위해 『잃어버린 시간을 찾아서』를 썼다. 그래서 소설의 제목에는 프랑스어 단어 'recherche', 즉 영어의 'research', '탐구'가 들어가는 모양이다. 그런데 위의 문단에서는 조금 전에 인용한 이론 부분에 해당하는 표현만 제외하고 나머지 내용은 모두 심정과 관련된 것이다. 프루스트는 비서인 셀레스트로부터 남편을 잃은 그녀의 젊은 조카며느리, 그리고 그녀를 돕기 위해 두 팔을 걷어붙인 나이 든 사촌 부부 이야기를 전해 들었을 것이다. 그리고 그 이야기에 크게 감동하여 자신의 책에 어떻게든 그들에 바치는 헌사를 넣어야 했다. 프루스트의 선한 마음이, 여려서 쉽게 감동하는 천성이 그대로 드러나는 부분이 아닐 수 없다.

라리비에르 부부의 일화는 소설의 다른 인물들과의 관계나 전체적인 구성에 비추어서는 아무 개연성이 없는 여담에 불과하다. 오히려 그 일화가 개입함으로써 소설의 규약을 위반하게 된다. 허구의 사건과 인물들로 구성되어야 한다는 소설의 기본 원칙에 어긋나는 선택이다. 그럼에도 프루스트가 이를 감행한 이유는 소설이 소설다워야 한다는 통념에 반할 만큼 이 사소한 이야기가 프루스트에게는 의미가 있었기 때문이리라. 그에게 그토록 감동을 주었고, 그 부부의 자비로운 행동이 진정한 그리스도교적 가치를 말없이 증명하는 것이었고, 그래서 프랑스라는 나라 자체를 찬양하고 싶은 마음이 우러나올 만큼 감동했던 것이다. 소설의 규약 따위는 아무래도 좋았다.

프루스트는 자신의 이론을 증명하기 위해 견고하게 쌓아 가던 소설의 틀에 작은 틈새를 벌어지게 만들지언정 그들의 이름을 새겨 넣는 모험을 감행했다. 그런데 프루스트의 내기는 훌륭하게 성공한 듯하다. 독자인 우리가 그 선량한 부부의 이야기를 읽으며 프루스트가 그랬던 것처럼 함께 감동하고, 프루스트의 선택에 응원을 보내는 것을 보면 말이다.

프루스트가 소설과 현실의 경계 흐트러뜨리기 놀이를 하는 순간이 또 한 번 있다. 이 또한 매우 사소한 디테일과 관련된 부분이기도 하면서, 한편으로는 매우 중요한 핵심을 건드리는 순간이다. 프랑스 플레야드(Pléiade)판 기준으로 3천 페이지가 넘는 이 긴 소설에서 주인공의 이름인 '마르셀'이 직접 언급되는 부분은 단 두 곳에 불과하다. 두 번 모두 알베르틴에 의해서다. 처음 등장하는 장면은 5편 『갇힌 여인』에서 잠에서 깨어나는 알베르틴이 주인공의 이름을 부르는 순간이다.

> 그녀가 잠드는 것을 보는 기쁨은 그녀가 살아 있다는 것을 실감할 때 느끼는 기쁨과 마찬가지로 달콤한 것이 었는데, 그런 기쁨은 이내 그녀가 깨어나는 것을 보는 기쁨에 의해 중단되고는 했다. … 그녀가 불확실성에 사로 잡힌 달콤한 그 최초의 순간이면 나는 내가 그녀를 다시금 보다 완전하게 수유하게 된 것만 같았다. … 그녀는 언어를 회복했고, 내게 말했다. "나의" 혹은 "나의 사랑하는" 다음에 내 세례명을 이어서 불렀는데, 만약 화자에게 이 책의 작가와 같은 이름을 부여한다면 "나의 마르셀", "나의 사랑하는 마르셀"이라는 형태가 될 것이다.

—『갇힌 여인』[9]

혹자는 말년의 프루스트가 정신이 없는 상태에서 원고를

썼을 때 실수로 자신의 이름을 써넣었는데, 교열하는 과정에서 삭제하는 것을 잊었다고 주장하기도 한다. 실수가 아니라면 그 긴 소설에 "마르셀"이라는 이름이 단 두 번만 등장할 리가 없다는 이유에서다. 처음부터 끝까지 '나'라는 1인칭 시점의 화자를 유지하고 주인공 '나'의 이야기를 서술하면서[10] 고집스럽게 이름을 감춤으로써 완전한 익명성을 원했으리라는 것이다. 실제로 작가 프루스트는 소설 속 '나'는 그것을 쓴 자신이 아니라고 공공연히 부정하고는 했다.

그런데 앞의 장면으로부터 얼마 지나지 않아 알베르틴은 다시 한번 주인공을 "마르셀"이라고 칭한다. 자신을 기다리고 있을 마르셀에게 곧 도착할 테니 조금만 더 기다려 달라는 알베르틴이 쪽지로, 연인 사이에 보낼 수 있는 가장 사랑스러운 말이 적혀 있다. 그녀는 그 글을 자전거를 탄 배달부에게 전달한다.


나의 친애하는, 나의 사랑하는 마르셀, 이 자전거를 탄 사람보다 내가 더 늦게 도착하겠지요. 그럴 수만 있다면 당장 그 자전거를 빼앗아서 조금이라도 더 빨리 당신

결에 갈 텐데요. 당신은 내가 화가 났을 거라고 어떻게 생각한 거며, 또 당신과 함께 있는 것보다 내가 다른 사람과 함께 있는 것을 더 즐거워할 거라고 도대체 어떻게 그런 생각을 한 건가요? 내게는 우리 둘이 외출하는 것보다 더 즐거운 일은 없고, 또 오로지 둘이서만 외출할 때가 가장 즐거울 거예요. 대체 나를 어떻게 생각한 건가요? 아, 마르셀, 마르셀! 온통 당신 것인, 당신의 알베르틴.

—『갇힌 여인』[11]

앞의 경우와 마찬가지로 알베르틴이 주인공을 부를 때 "마르셀"로 칭하면서 작가 마르셀 프루스트와 주인공-화자가 같은 이름을 갖게 된다. 물론 작가와 주인공의 이름이 같다고 해서 둘의 정체성이 반드시 일치한다고 할 수는 없다. 그럼에도 작가 마르셀이 자신의 이름을 소설 속에서 두 차례 직접 호명한다는 것은 단순한 실수가 아닌 의도적 전략이라고 생각할 수밖에 없다.

사소한 디테일을 통해 작가는 재미난 장난을 치는 어린아이처럼 현실 세계에서부터 경계를 넘어 소설 안으로 살짝 발을 들여놓아 독자를 놀라게 한다. 그러고는 언제 그랬냐는 듯이 다시 밖으로 슬그머니 빠져나간다. 고전주의 시대 유럽 대도시의 어느 힘없는 화가가 지체 높은 귀족이나 돈 많은 후원자의 주문으로 그들의 초상화를 제작하고는, 어떤 식으로든 자신의 서명을 남기기 위해 암호와도 같은 기호나 표식을 그림 속 은밀한 곳에 살짝 그려 넣듯이, 그렇게 프루스트는 자기만의 은밀한 유희를 즐겼던 것은 아닐까?

『잃어버린 시간을 찾아서』에는 매우 작지만 중요한 종소리가 두 번 등장한다. 각각 소설의 시작과 끝에서다. 소설의 첫 장면에서 화자가 잠에서 깨어난 직후 떠올리는 콩브레에서의 저녁 식사 때 그 종소리가 처음 등장한다. 이웃 스완이 마르셀 가족을 방문하는 거의 유일한 손님이던 시절, 가족이 아닌 외부인에 의해 촉발되는 그 종소리는 마르셀에게 특유의 비극과 연관된다. 종소리가 울린다는 것은 스완의 방문을 의미하는 것이고, 스완의 방문은 엄마를 손님에게 빼앗긴다는 의미고, 그것은 결국 밤에 잠들기 전에 엄마의 잘 자라는 입맞춤을 누리지 못한다는 비극을 뜻한다.

집 앞 큰 밤나무 아래, 철제 식탁 주위에 앉아 있던 저
녁나절이면 우리는 정원 끝에서 울리는 종소리를 들을
수 있었다. 그것은 가족 중 누구든 거침없이 문을 열고 들
어올 때면 나는 크고 요란스러운 종소리, 철제 느낌의 쉼
없이 울려 대는 차가운 메아리로 주변을 가득 채우고 정
신없게 만드는 종소리가 아니라, 외부인의 방문을 예고
하는 소심하고, 타원형에, 금빛인, 두 번 울리는 종소리
였다.

―『스완네 집 쪽으로』[12]

"소심하고, 타원형에, 금빛인, 두 번 울리는 종소리"는 그
것을 야기한 스완을 상징한다. 오랜 친구인 마르셀 가족을 저
녁 시간에 방문하며 정겨운 이웃들과 소소한 즐거움을 나눌
수 있으리라는 기대와 동시에 자신의 방문이 행여 방해가 되
지는 않을까 염려했을 법한 스완이다. 이 종소리는 이런 스완
에 대한 상징임과 동시에 스완의 분신인 마르셀에 대한 은유
이기도 하다. 누구보다도 세련되고 세심한 배려심으로 가득
한 스완, 유대인으로서는 유일하게 최상류 사교계인 조키 클

럽(Jockey Club)의 회원이자 프랑스 대통령이 거주하는 엘리제궁에 초대받는 유명 인사인 스완이지만, 그런 사실이 중산층 부르주아인 마르셀 가족에게는 위화감을 일으킬까 봐 신중하고도 조심스럽게 처신하는 인물이다.

마르셀은 그런 스완을 통해 진귀한 미술품의 세계에 입문하고, 그의 예술적 취향을 물려받는다. 마르셀은 또한 스완과 마찬가지로 누구보다도 섬세하고 민감한 감수성과 진솔함의 소유자다. 무엇보다 사랑에 있어서 스완의 전철을 그대로 밟는다. 그러나 '쌍둥이' 스완과 마르셀이 분리되는 순간은 스완이 예술을 일방적으로 좋아하는 '예술 미혼자'에 머무는 반면, 마르셀은 글쓰기를 통해 자신의 삶의 진정한 의미를 되찾을 때다. 그런데 그 금빛 종소리가 소설의 마지막 장면에서 다시 등장한다.

이렇듯 한 덩어리가 된 시간에 대한 개념, 우리로부터 분리되지 않은 여러 해에 대한 개념이야말로 이제부터 내가 제대로 드러내야 할 대상임을 깨달았는데, 바로 그 순간 나는 게르망트 대공의 저택에서 스완 씨를 배웅하던 부모님의 발소리와 더불어 그 종소리를, 메아리치는 철제 느낌의, 쉼 없이 울려 대는 고음의 소란스러운 작은 방울에서 퍼지면서 마침내 스완 씨가 떠났고 엄마가 방으로 올라올 것임을 알리는 종소리를, 그토록 오랜 과거에 위치했음에도 여전히 울리는 그 소리를 다시 들었다. 내가 그것을 들었던 순간과 게르망트의 오찬 사이에 놓인 모든 사건들에 대해 생각하자 내 안에서 계속해서 울리던 것이 그 종소리였음을, 내가 그것의 외침에 대해 바꿀 수 있는 것은 아무것도 없음을 깨달으며 나는 공포심에 빠졌다. 그 소리가 어떻게 사라졌는지 알지 못한 채 그것을 다시 배우기 위해서, 그것을 더 잘 듣기 위해서, 내 주변에 가면을 쓴 사람들의 대화 소리를 듣지 말아야 했고, 그것을 더 가까이서 듣기 위해서, 나는 나의 내면으로 더 깊이 내려가야 했다. 그 종소리는 그곳에서 계속 울리고 있었고, 그것과 지금 이 순간 사이에는 내가 가지고 있다고 생각지 못했던 모든 과거가 길게 펼쳐져 있었다.

—『되찾은 시간』[13]

스완이 조심스럽게 두 번 울리면서 저녁 방문을 예고하던 타원형의 황금빛 종소리는 마르셀의 내면에서 한 번도 울림을 멈춘 적이 없었던 것이다. 다만 사교, 사랑, 전쟁, 죽음 등에 의해 그 소리는 덮여 있었을 뿐이다. 그러다가 게르망트 대공의 오찬 모임에서 수년 만에 보게 된 지인들이 시간의 가면을 뒤집어쓴 모습으로 마르셀 앞에 나타나자 마르셀은 수십 년 전, 자신이 어린 소년이었을 때 들었던 그 종소리는 언제나 그 자리에서 조용히 울리고 있었음을, 그런데 이제야 그 종소리의 부름을 다시 듣게 되었음을 깨닫는다.

그 종소리는 마르셀에게 더 이상 시간을 잃어버리지 말라고, 이제 남은 시간이 얼마 없다는 사실을 공포심을 일으킬 정도로 명료하게 가성시킨다. 작가로서의 지엽을 소개하던 외교관 노르푸아의 일장 연설을 들으며, 그 속물적인 묘사에 몸서리를 치고 문학에 대한 환상이 무너짐에 좌절한 마르셀이다. 글쓰기에 대한 재능도 없고, 자신을 끊임없이 괴롭히는 질병과 의지박약을 핑계로 멀어졌던 작가의 소명으로부터 이제는 더 이상 도망칠 수 없음을 깨닫는다. 마르셀은 마침내 그 종소리의 "외침에 대해 바꿀 수 있는 것은 아무것도 없다"

는 사실을, 그 부름에 복종하는 것이 필연임을 받아들인다.

이제 그에게 주어진 시간은 치열한 글쓰기의 시간, 지나간 잃어버린 시간을 구원하기 위해 백지와 마주하며 고통스럽게 지새워야 하는 수많은 불면의 밤이 되리라는 사실을 공포심에 질린 채, 그러나 겸허히 수용한다. 그와 동시에 이런 책을 쓸 수 있는 자가 느끼는 즐거움은 또한 얼마나 클 것인가! 잃어버린 시간을 글쓰기를 통해 되찾을 수만 있다면 그러한 노동과 고통은 얼마나 거대한 희열로 보상받을 것인가!

프루스트의 마지막 8년을 그의 옆에서 묵묵히 지켜준 셀레스트 알바레는 그녀 특유의 진솔함과 본능적 지성이 전해지는 어조로 죽음을 목전에 둔 프루스트기 자신의 소설을 완성한 그 순간의 모습을 다음과 같이 전달한다.

선생님은 매우 피곤해 보였지만 제가 다가가는 것을 보더니 미소를 지었습니다. 그 즉시 저는 선생님 얼굴 전체에서 빛이 퍼져 나오는 것을 보고 깜짝 놀랐어요. … "지난밤에 내게 놀라운 일이 벌어졌어요." "무슨 말씀이시죠?" "짐작해 보세요!" 선생님은 매우 즐거워했습니다. 저는 머릿속에서 가능한 모든 일에 대해 떠올려 보려 했지요. … "선생님, 도저히 모르겠네요. 짐작조차 못하겠어요. 기적이 벌어진 건가요? 이제 말씀을 해 주셔야겠습니다." 선생님은 완전히 행복에 도취된 채 한층 젊어진 듯했습니다. 제대로 장난을 친 어린아이처럼 기쁨으로 가득했어요. "정 그렇다면, 셀레스트, 내가 알려주지요. 대단한 소식이에요. 지난밤, 나는 '끝'이라는 단어를 썼습니다."

— 셀레스트 알바레, 『프루스트 씨』[14]


소설의 처음과 마지막에 등장하는 마르셀을 닮은 두 번 울리는 소심한 그 종소리는 프루스트가 『잃어버린 시간을 찾아서』를 구상한 초기, 이미 소설의 결말이 어떠리라는 것을 알고 있었음을 증명하는 디테일이다. 프루스트는 소설의 집필을 본격적으로 시작한 1909년 8월, 스트로스 부인(오페라 『카르멘』의 작곡가 조르주 비제의 미망인이자 프루스트의 콩도르세 중등학교 친구 자크 비제 어머니)에게 "저는 매우 긴 책을 쓰기 시작함과 동시에 끝냈습니다"라는 의미심장한 편지를 보낸다. 프루스트가 과장했던 것 같지는 않다.

관찰력과 묘사력은 위대한 작가에게 필요한 재능일지도 모른다. 그러나 다른 사람들은 보지 못하는 세세한 작은 것들을 보는 능력이 있고, 그렇게 본 것들을 하나라도 놓치지 않고 꼼꼼하게 극사실적으로 묘사하는 인내심으로 소설을 썼다고 해서 그것이 반드시 위대한 소설이 되는 것은 아니다.

소설 속에서 마르셀은 공쿠르 형제의 일기를 읽으며 우울감에 빠진다. 자신에게는 공쿠르 형제와 같은 '보는 능력'이 없다고 새삼 깨닫기 때문이다. 19세기에 활동한 공쿠르 형제는 둘이 합작하여 야심 차게 발표했던 자연주의 소설들보다는 당시 여러 유명 인사들과 교류하며 남긴 문헌학적 기록물로서의 일기로 더 유명해진 작가들이다. 마르셀은 그로부터 한참이 지난 후 다시 한번 공쿠르 형제의 일기를 읽게 된다. 그 사이 마르셀은 다양한 인간관계를 갖고, 환상에서 벗어나고, 진리를 터득하는 법을 깨우쳤다. 그러자 다시금 읽게 된 공쿠르 형제의 일기지만 이번에는 자신에게는 자신만의 방식으로 사람과 사물을 보는 능력이 있음을 인식한다.

그러나 여전히 많은 이들이 프루스트는 '현미경적 관찰력'

으로 굳이 필요 없는 디테일에 집착한다고 비난하기를 멈추지 않았다. 이들에게 화답하고자 한 것일까? 소설의 마지막 편에 프루스트는 디테일의 문제를 언급한다. 프루스트에게 디테일은 관찰하거나 묘사하는 능력을 자랑하기 위한 보조 장치는 물론 아니었다. 그에게 디테일은 보편적인 진리의 깨달음으로 이끄는 안내자다.

곧 나는 몇몇 습작을 사람들에게 보여 줄 수 있었다. 그것을 이해하는 사람은 아무도 없었다. 내가 신전에 새기고자 했던 진리에 대한 인식에 호의적이던 사람들조차 내가 그것들을 '현미경'을 통해 발견했다며 축하를 건넸다. 나는 반대로 망원경을 통해 그것들을 봤는데 말이다. 물론 내가 관찰한 것이 매우 작은 것이기는 하지만, 그 이유는 그것들이 매우 멀리 떨어져 있는 상태에서 각자가 하나의 독립된 세계를 형성하는 것들이기 때문이다. 내가 거대한 원칙을 발견하고자 했을 때, 사람들은 내가 디테일에 사로잡혀 있다고 생각했다.

—『되찾은 시간』[15]

프루스트가 저 먼 우주에 있는 거대한 행성을 관찰하기 위해 망원경에 시선을 고정한 채 그것의 형상과 움직임을 관찰했을 때, 사람들은 그가 현미경을 통해 아주 작은 사물을 확대하여 해석한다고 오해했다. 프루스트가 본 것이 루앙 성당의 서적 상인들의 문 위에 조각된 조그만 부조상이건, 산사나무의 분홍색 꽃이건, 렘브란트가 노년에 그린 자화상 속 얼굴의 주름이건, 그의 능력은 그것들 안에서 우주의 법칙과 세상을 지배하는 진리를 발견했다는 데 있다.

디테일에서 보편성을 끌어내기. 그것이 프루스트가 망원경을 통해 멀리 떨어진 행성들을 관찰하고, 각 행성의 움직임을 지배하는 고유의 법칙을 발견해 그것을 그만의 방식으로 빚었을 때 얻은 결과다.

5

—

# 유머

프루스트는 대단한 코믹 작가다. 『잃어버린 시간을 찾아
서』를 읽다 보면 혼자 저도 모르게 키득거리거나, 말 그대로
폭소를 터뜨리게 되는 일이 한두 번이 아니다. 프루스트에게
서 코믹은 풍자와 해학, 역설과 모순, 모작과 패러디, 지적인
언어유희와 천박한 분뇨담 등을 통해 다채롭게 펼쳐진다. 무
엇보다 성인이나 수행자가 아닌 이상, 모두가 어느 정도 가지
고 있는 기질적 약점이나 윤리적 단점과 관련된 개인의 특성
을 가장 적확한 비유를 통해 손에 잡힐 듯 생동감 넘치는 인물
들로 구체화한 프루스트의 소설가적 재능이 놀랍다. 끝없는
쉼표와 줄표로 연결되는 구와 절들의 나열은 덤이다. 집요함

이라면 집요함이라고도 할 수 있을 듯하다.

프루스트의 유머는 개인의 특성과 관련해서 특정 약점을 콕 짚어 묘사하는 데에 탁월하게 발휘되기도 하지만, 사회적 관계 맺음에서 벌어지는 상황에 개개인이 대처하는 방식에 특히 빛을 발한다. 우리가 무인도에 살지 않는 이상 좋건 싫건 우리는 다른 사람들과 부대끼며 살게 된다. 사람과의 관계 맺음에서 발생하는 여러 상황에 대처하는 개인의 반응은 그 사람의 일면을 드러내고, 프루스트는 이를 천부적인 유머로 그린다.

독자가 민망함을 느끼며 웃는다면 그것은 프루스트의 인물들을 통해 드러나는 그런 약점들이 바로 나의 것이기도 하기 때문이다. 인물들의 허세 속에서 나의 허세를 읽거나, 그 인물과 똑 닮은 한 지인이 겹쳐 떠오르기도 한다. 등장인물의 약점이 나의 약점과 공명하고, 나의 약점이 우리의 약점이 된다. 또 그것이 사실 그렇게 악덕한 죄도 아니어서 기분 상하지 않고 웃을 수 있다. 독자의 웃음은 자기 해학과 인간에 대한 성찰로 이어진다. 프루스트의 유머에는 작가의 따뜻한 성품과 인간에 대한 포용이 담겨 있어서, 결코 선을 넘거나 불쾌하게 만들지 않는다.

게르망트 공작 부인의 빨간 구두는 인간의 위선과 이기심을 상징하는 오브제로 작용한다. 저녁 만찬에 초대받아 서둘러 마차에 오르려는 순간 게르망트 공작 부부는 오랜 친구인 스완의 방문을 받는다. 스완은 불치병에 걸려 앞으로 살날이 얼마 남지 않은 것을 알고 아픈 몸을 이끌고 마지막 고별인사를 하러 온 것이다. 초대받은 식사 모임에 늦지 않을까 하는 염려와 그럼에도 동시에 어떻게 하면 예의 없다는 소리를 듣지 않고도 이 시기 부적절한 방문자를 신속히 처리할 수 있을지에 대한 방안을 고안해 내는 게르망트 공작 부인의 뛰어난 기술은 프루스트의 유머를 통해 한 편의 압축된 인간사 희비극을 빚는다.

"의사들에 따르면 연말에 지금 제가 앓고 있는 병은 언제라도 저를 데려갈 수 있고, 산다 해도 고작 서너 달뿐일 거라고 하더군요." 공작 부인이 지나갈 수 있도록 하인이 창문 달린 현관문을 여는 동안 스완은 미소 지으며 말했다.

　　"아니 그게 대체 무슨 말씀이세요?" 순간 공작 부인은 마차를 향해 가던 걸음을 멈추고, 아름다운 파란 색의 우수에 찬, 불확실성으로 흔들리는 눈을 치켜뜨며 소리쳤다. 그녀는 시내에서 저녁 식사를 하기 위해 마차에 오르기와 죽음을 앞둔 사람에게 연민을 보여 주기라는 두 개의 이질적인 임무 사이에 놓인 상황을 살면서 처음 경험하게 되자 사회적 규범집 어디에도 기댈 수 있는 판례를 떠올리지 못하고 둘 중에서 어느 것을 선택해야 할지 난감해졌고, 전자가 지금 상황에서는 노력을 덜 요구하기에 후자를 선택하는 것은 불가항력이라고 믿기로 한 듯 이와 같은 분쟁을 해결하는 최선의 방법은 후자를 부정하는 것이라 생각했다. "농담하시는 거지요?" 그녀가 스완에게 말했다. … 마차에 오르기 위해 그녀가 치마를 들어 올리며 발을 발 받침대 위에 올려놓는 순간, 공작은 무시무시한 소리로 외쳤다. "오리안느! 이런 말도 안 되는 일이 있나! 검정색 구두를 신다니! 빨간 원피스에 말이오! 어서 올라가서 빨간 구두로 갈아신고 와요! 아니면 집 안에 있는 하녀에게 당장 빨간 구두를 갖고 오라고 시키던가.” … 공작 부인은 방으로 올라갔다.

—『게르망트 쪽』[1]

이어지는 그녀의 남편 게르망트 공작의 배고픔에 대한 하소연 또한 아내의 자기중심적 세계관과 잘 어울리는 한 쌍을 이룬다.

“이상해 보이지 않던데요.” 스완이 말했다. “검은 구두를 신으신 것을 저도 봤습니다만 전혀 어색해 보이지 않았습니다.”

“당신 말이 틀리다는 게 아닙니다.” 공작이 대답했다. “하지만 구두가 원피스와 같은 색인 게 어쨌거나 더 우아한 건 맞지요. 그리고 확신하건대 아내는 식당에 도착하자마자 잘못된 구두를 신은 것을 알아차렸을 거고, 그때는 내가 제대로 된 구두를 가지러 다시 돌아와야 했을 거요. 그랬다면 나는 아홉 시나 돼서야 저녁을 먹을 수 있었을 테고. 그럼 이만 여러분, 안녕히.” 그는 우리를 밖으로 부드럽게 밀면서 말했다. “오리안느가 내려오기 전에 어서들 가세요. 아내가 당신들을 보기 싫어해서가 절대로 아닙니다. 반대로 너무 좋아하기 때문이지요. 여러분이 여전히 여기 있는 것을 아내가 본다면 그녀는 다시 대화를 시작할 거고, 이미 지금도 그녀는 피곤해하는데 그렇게 된다면 저녁 식사를 할 무렵이면 완전히 녹초가 될 겁니다. 그리고 나도 솔직히 말하자면 지금 무지 배가 고픕니다. 오전에 기차역에서 점심을 대충 해결했거든요. 베아르네즈 소스 맛이 기가 막히긴 했지만, 그렇다고 저녁 식사가 생각이 나지 않는다는 말은 전혀, 그러니까 전혀 아닙니다. 여덟 시 오 분 전이네요! 아, 여자들이란! 대체 왜 이렇게 느린 건지 우리 둘 모두에게 위경련을 일으키게 만든다니까요! 아내는 여러분이 생각하는 것보다 훨씬 건강이 약하답니다."

—『게르망트 쪽』[2]


살날이 서너 달밖에 남지 않은 스완 앞에서 게르망트 공작은 배가 고파 죽겠는데 아내의 구두 색깔 때문에 자기네 저녁 식사가 늦어질 걱정을 늘어놓는다. 인간은 정말 자기중심적이다.

게르망트 공작 부부와 종종 대조되는 한 쌍으로 베르뒤랑 부부가 있다. 전자와 후자는 각각 사회적으로는 대귀족과 신흥 갑부를, 문화적으로는 뛰어난 교양과 저속한 경박함을, 신체적으로는 세련된 우아함과 거친 둔중함으로 상징된다. 그런데 두 커플이 사교 모임에 참석하기에 앞서 지인의 죽음 소식을 접했을 때 보이는 반응은 놀랄 만큼 닮은 꼴이다.

다음은 베르뒤랑의 오랜 친구인 한 대공 부인의 죽음을 동네북이자 눈치 없는 사니에트가 재차 확인시켰을 때 베르뒤랑의 반응이다. 해당 장면에서 부르주아 베르뒤랑은 귀족 게르망트 공자의 데자뷔다. 부르주아건 공작이건 인간은 신분에 상관없이 자신의 쾌락을 추구하기 위해 어떤 상황이든 자기중심적으로 해석할 수 있다.

그 순간 베르뒤랑 씨가 우리 쪽으로 왔고, 사니에트는 현관문이 계속해서 여닫히자 감기에 걸리지는 않을까 근심에 쌓인 채 혼자 남아, 하인이 그의 코트를 받기를 인내심 있게 기다렸다. …

　“당신 좀 짜증 나게 하는구려.” 베르뒤랑 씨가 무시무시한 목소리로 말했다. “6층 계단을 뛰어 올라오기라도 한 거요? 이 사람 땀 흘리는 것 좀 봐.” 베르뒤랑 씨가 어찌나 매섭게 몰아붙이는지 손님들의 겉옷을 받아 정리하던 하인들은 다른 모든 사람들을 먼저 시중들고 사니에트를 계속해서 기다리게 두었다. 마침내 사니에트가 자신의 겉옷을 맡기려 하자 하인들이 말했다. “순서를 기다리십시오. 새치기하시면 안 됩니다.”

　“규율을 제대로 아는 하인들이군. 정말 훌륭한 자질이야. 아주 잘하고 있어요, 젊은이들!” 베르뒤랑 씨는 하인들이 사니에트를 마지막까지 기다리게 만들도록 격려의 미소를 입가에 띤 채 말했다. … 베르뒤랑 씨에게 우리가 셰르바토프 대공 부인에 관해 조의를 표하자 그가 답했다. “그래요. 대공 부인이 매우 편찮다는 사실을 압니다.” “아니에요, 오늘 여섯 시에 돌아가셨다는데요?” “당신은 모든 일을 다 과장하는군!” 그날 저녁 파티가 아직 끝나지 않았기에 오랜 친구가 죽었다는 사실보다는 병에 걸렸다고 선언하기를 택한 베르뒤랑 씨는 사니에트에게 거칠게 쏘아붙였다.

— 『갇힌 여인』[3]

　이렇듯 프루스트의 인물들은 자신의 세속적이며 가벼운 즐거움을 조금이라도 희생시키지 않기 위해 타인의 죽음 소식을 전달받는 순간, 그것이 '가짜 뉴스', 혹은 과장된 소식이라고 스스로 결정하고 그에 따라 행동하기도 한다. 그럼으로써 지인이나 친척의 죽음을 접한 자라면 도의적으로 마땅히 취해야 한다고 기대되는 행동에서 스스로를 해방시킨다.

　그런데 프루스트의 세계에는 완벽한 인물, 귀감이 될 만한 영웅은 없지만, 그렇다고 절대적 악인도 없다. 천성적으로 소심하고 병약한 사니에트를 험하게 대하고, 만인 앞에서 모욕을 주는 것을 서슴지 않는 베르뒤랑 부부다. 하지만 그가 주식에 투자했다가 파산한 사실을 접하자 그 누구보다 사니에트를 경제적으로 돕는 것을 주저하지 않는다. 그것도 자기네들 자랑을 삶의 즐거움으로 여기는 그들 부부가 사니에트에게 연금 형태로 경제적 지원을 하기로 결정하고 실행할 때에는 놀랍게도 그 사실을 비밀에 부친다.

"대체 주식은 왜 했대요? 정말 바보네요. 주식이랑 가장 잘 안 맞는 사람인데 말이지요. 그보다 훨씬 잇속 빠른 사람들도 무사히 나오지 못하는 곳에 발을 왜 들였는지 모르겠어요. 그 사람 완전 당한 거지요, 뭐."

"그가 멍청이라는 사실은 우리가 이미 오래전부터 알고 있지 않았소." 베르뒤랑 씨가 말했다. "어쨌건 결과는 이렇소. 그 사람은 내일이면 집 주인에게 쫓겨날 거고, 완전 비참한 꼴이 될 거요. 포르슈빌도 그렇고 그의 친척 중 아무도 그를 좋아하는 사람이 없지 않소. 그래서 내가 생각한 게 있는데, 물론 당신이 싫다면 없던 이야기가 되겠지만, 우리가 그 작자한테 적은 연금 형태로 지속적으로 지원하면 어떨까 하오. 그렇게 된다면 그는 자기 집에서 쫓겨나지도 않고 몸 간수를 좀 할 수 있을 테니."

"나도 당신 생각에 완전히 공감해요. 당신이 그렇게 생각하고 있었다니 정말 훌륭해요. … 그런데 문제는 그렇게 하면 사람들이 언젠가는 우리가 도와주었다는 사실을 알게 될 거라는 거지요."

"나도 그 문제는 생각해 봤어요. 내가 그렇게 한다면

그것은 순전히 아무도 모르게 진행될 거요. 우리가 가여운 중생의 구원자라느니 뭐니, 그런 소리 따위를 들으려고 하는 게 아니라 이 말이오. 자선이라면 질색이오. 그 자에게는 셰르바토프 대공 부인이 그의 앞으로 남긴 유산이라고 하면 돼요."

—『갇힌 여인』[4]

프루스트의 인물들을 미워할 수 없는 이유다. 독자가 그렇게 느끼는 이유는 프루스트가 그들을 미워하지 않았기 때문이고, 프루스트가 그럴 수 있는 이유는 인간에 대한 그의 시선이 근본적으로 따뜻하기 때문이다.

르그랑댕은 콩브레에서 마르셀 가족의 이웃이다. 그는 시골 마을 사람들이 일요 미사에 참석하기 위해 격식 차린 옷을 입고 중심가 성당에 모일 때 헐렁하게 멘 커다란 나비 넥타이를 출렁이며 산보한다. 또한 감수성 예민한 마르셀에게 "자네의 삶 위에 언제나 하늘 한 조각을 간직하게나. 자네는 매우 귀한 자질의 사랑스러운 영혼을, 예술가적 기질을 지녔네. 그것이 필요로 하는 것들을 소중히 지키기를"[5] 등의 낯간지럽지만 낭만적인 인사말도 할 줄 안다. 프랑스 대혁명 때 귀족들을 전부 단두대로 보내 처단하지 않은 것을 한탄하고, 마을 지주나 파리 귀족들을 향해 저주의 말을 퍼붓는다. 하지만 이는 귀족 세계에 대한 르그랑댕 자신의 동경과 부러움을 감추기 위한 언행에 불과하다. 그는 그 누구보다도 귀족 사회로의 진입을 갈망하고 그들의 초대를 고대한다. 즉 르그랑댕은 뼛속까지 속물이지만 겉으로는 세속적 관습을 떠나 자연 속에서의 순수한 삶을 즐긴다는 낭만적 자유주의자로서의 이미지를 관리하는 자다.

그러던 어느 날, 미사를 마치고 나온 마르셀 가족은 시내에서 르그랑댕과 정면으로 마주친다. 그런데 문제가 있다. 르그랑댕은 혼자가 아니라 콩브레에 성을 소유한 지체 높은 귀족 부인과 함께였다. 그는 크게 당황한다. 한편으로는 평소 자신이 그렇게 저주하던 상류계 인사와 다정히 있는 모습을 마르셀 가족에게 들킨 것이고, 다른 한편으로는 고작 중산층에 불과한 마르셀 가족과 친분이 있다는 사실을 옆의 귀족이 알면 자신의 보잘것없는 사회적 인맥을 드러내는 것 같다. 르그랑댕은 이런 난감한 상황에서 어떻게 처신할 것인가? 다시 한번 프루스트의 유머가 르그랑댕의 처세술을 예술의 경지로 격상시킨다.

그는 우리를 지나치며 옆의 여성에게 말하는 것을 멈추지 않은 채 얼굴의 다른 근육에는 영향을 끼치지 않으면서도 눈꺼풀 안쪽에 위치한 파란 눈동자로 대화 상대에게는 그것이 포착되지 않을 만큼의 미세한 신호를 우리에게 보냈다. 하지만 그것을 보내는 부분이 지나치게 작다는 사실을 보상하려는 듯 신호의 강도를 최대치로 높여 우리에게 할애된 쪽빛 눈망울 한구석에 기쁨을 넘어 일종의 공모를 하는 인상을 가득 담았다. 그는 우리를 향한 자신의 섬세한 배려를 재빠른 윙크, 암호 같은 신호, 모종의 결탁으로 표현함으로써 극한치로 몰고 갔다. 얼굴에는 얼음 같은 차가움을 유지한 채 눈망울만은 거의 항의하듯 한 다정함으로, 사랑 고백에 가까운 열정으로 채워 옆에 있던 여자 성주에게는 들키지 않고 우리를 향한 그의 우정을 굳건히 다졌다.

— 『스완네 집 쪽으로』[6]

르그랑댕이 중산층 부르주아인 마르셀 가족을 귀족 부인 앞에서 모른 척한 이유는 마르셀 가족의 바로 그 계급을 부끄러워하기 때문이다. 그런데 르그랑댕의 사회적 계급은 마르셀 가족과 동급이다. 르그랑댕 또한 중산층 부르주아다. 이는 그가 자신의 사회적 계급에 수치심을 느끼고 있다는 사실로 귀결된다. 그가 그전까지 귀족 계급을 향해 쏟아 놓은 저주의 말들은 그들이 누리던 불합리한 특권에 대한 비난에 의해서라기보다는 본인 계급에 대한 수치심의 발로에 가깝다.

부르주아 르그랑댕이 귀족 부인과 함께 있을 때 마르셀 가족을 아는 척하지 않았다면, 부르주아 마르셀은 이번에는 어떻게든 귀족인 빌파리지 후작 부인과 안면을 트고 싶다. 그 이유는 단 하나, 귀족 부인을 친구로 두는 자신의 '인맥'을 주변 사람들, 특히 북부 바닷가 휴양지인 발베크에 도착한 이후 줄곧 관심이 가는 스테르마니아 양에게 보여 주고 싶기 때문이다. 빌파리지 부인과 이야기를 나누고 있는 자신의 모습을 스테르마니아 양이 보게 된다면, "민담에 나오는 새의 날개에 매달려 스테르마니아 양과 내 사이에 놓여 있는 무한한 사회적 거리를 눈 깜빡할 사이에 건널 수 있을 것"7을 기대한다. 르그랑댕이 속물이라지만, 마르셀도 그에 못지않은 속물이다.
다만 문제가 있다. 여행지에서의 할머니의 원칙 때문이다.

　할머니는 여행 중에는 사람들과 어울리지 않는다는
원칙이 있었다. 사교를 하기 위해 바닷가를 가지는 않는
다는 것이다. 그런 일은 파리에서만으로도 충분하고, 여
행 중에 사람들과 어울리면 예의를 차리느라, 대수롭지
않은 잡담이나 하느라, 파도 앞에서, 대자연을 만끽할 시
간을 빼앗긴다는 믿음이다. 이런 자신의 생각에 다른 모
든 사람들이 공감한다고 믿는 속 편한 선택을 한 할머니
는 우연히 같은 호텔에 미물게 된 오랜 두 친구가 서로 모
르는 척하기에 상호 동의했다고 정해 버리고는, 호텔 점
장이 빌파리지 부인이라고 귀띔해 주었을 때도 눈길을
피하고 오랜 친구를 보지 못한 척하자, 빌파리지 부인은
할머니의 의도를 즉각 이해하고 그녀도 마찬가지로 시선
을 먼 곳에 두었다. 빌파리지 부인은 자리를 떠났고, 나는
저 멀리서 나를 구원해 줄 듯 다가오다가 멈추지 않고 사
라져 버린 배를 본 난파자와도 같이 혼자 고립된 채 우두

커니 남았다.

—『꽃핀 소녀들의 그늘에서』[8]

하지만 한 호텔에 머물면서 언제까지나 서로 모르는 척할 수는 없는 법. 이번에도 의도치 않게 할머니와 빌파리지 부인은 코앞에서 정면으로 마주친다. 더 이상 못 본 척한다면 둘의 우정이 회복 불가능해질 수 있는 상황이다. 이 난처한 상황을 어떻게 타개할 것인가?

어느 날 아침 할머니와 빌파리지 부인이 문 앞에서 정면으로 마주치자, 처음에는 깜짝 놀란 표정과 당황함의 몸짓을 교환하더니, 곧이어 서로에게 다가가면서 확신을 갖지 못해 머뭇거리고 주춤거린 사실에 대해 용서를 구하고, 마지막에는 둘도 없는 기쁨과 반가움의 표현으로 마무리 지었는데, 그 모습이 마치 몰리에르의 희극에서 서로를 보지 못하는 설정의 두 배우가 몇 발자국 떨어지지 않은 곳에서 각자 오랫동안 독백을 한 후, 갑자기 서로를 알아보고는 제 눈을 믿을 수 없는 듯 상대방 말을 가로

막다가 마침내 제대로 대화를 잇고, 뒤따른 코러스 무리
의 노래와 함께 와락 끌어안으며 연기하는 모습 같았다.
—『꽃핀 소녀들의 그늘에서』[9]


우리는 여전히 바닷가 휴양지다. 마르셀 가족의 오랜 하인
이자 자부심 강한 요리사인 프랑수아즈가 마르셀과 할머니의
발베크 여행을 동반한다. 프루스트 소설에서 노동자 계급을
대표하는 인물을 꼽으라면 단연 프랑수아즈다. 부르주아, 귀
족 등이 대부분인 인물들 가운데에서 프롤레타리아에 속하는
프랑수아즈는 인물들 간 사회적 힘의 역학 관계에서 독특한
자리를 차지한다.

마르셀에 따르면 프랑수아즈는 고대 율법이나 중세 전통
에 입각한 고유의 행동 양식을 가진 인물이다. 그녀는 미켈란
젤로가 평생의 대작을 위해 카라라에서 가장 완벽한 대리석
을 찾아 온 산을 헤맸듯이, 최고의 소고기 요리를 위해 마을
정육점을 순회하며 완벽한 소고기 덩어리를 찾아 돌아다니는
수고를 마다하지 않는다. 그녀는 마르셀이 해야만 하는 일의
위대함을 본능적으로 이해하여, 나이가 들어 거의 시력을 잃

은 상태에서도 그의 원고 작업을 옆에서 충실히 보조하는 역할을 한다. 주인 가족을 모시고 있지만, 때로 그녀는 주인보다 더 주인 같이 행세한다.

다음은 발베크의 그랑호텔에서 그녀가 동류 계급과 맺은 유대감이 어떻게 그녀의 행동을 결정하는 절대적인 지침이 되는지 보여 준다.


도착한 날, 아직 아무도 모르던 때 그녀는 매우 사소한 일로도 시도 때도 없이, 할머니와 나라면 감히 부르지 못할 시간에도 개의치 않고 벨을 눌러 사람을 불렀다. 너무한다 싶어 우리가 눈치를 주기라도 하면 그녀는 "비싼 톤을 내고 있는데 뭐 어때요"라며 대꾸했다. 마치 자기가 호텔 비용을 지불한 듯했다. 그런데 이제 그녀가 호텔 부엌에서 일하는 직원과 친해지자 ―처음에는 그것이 우리의 편의를 위해 좋을 것이라 짐작했지만― 할머니와 내가 발이 시려서 프랑수아즈에게 부탁하면, 매우 정상적인 시간일지라도, 그녀는 직원들이 일부러 다시 난로에 불을 지펴야 할 수도 있고, 그들의 식사에 방해가 될 수도 있기에, 번거롭게 하면 우리를 좋지 않게 볼 것이라며 벨을 누르기를 거부했다.

—『꽃핀 소녀들의 그늘에서』[10]

그녀의 행동은 얼핏 모순으로 가득해 보인다. 하지만 지성보다는 본능, 합리보다는 심정의 지배를 받는 인물이라고 이해하면, 충분히 가능한 행동 양식이다. 같은 노동자 계급에 속한 이들과 일단 친해지면, 고용주에 대한 그녀의 임무는 뒷전으로 밀린다. 고용주의 편의보다는 같은 노동자의 편의가 중요해진다. 발이 시리지 않을 고용주의 요구는 식사를 방해받지 않을 동류의 권리에 밀린다.

그런데 위 장면을 다시 살펴보면 호텔 직원들이 자신과 같은 사회적 계급이라는 이유만으로 프랑수아즈가 그들의 권리를 옹호했다고 할 수는 없다. 처음 호텔에 도착했을 때, 즉 아직 그녀가 아무와도 친구가 되기 전, 그녀는 누구보다도 직원들을 힘들게 하는 손님이었다. 변덕스러운 주인을 모시는 자신과 서비스업종에 종사하는 호텔 직원들 사이에 존재하는 모종의 공모감 때문만은 아니고, 그들과 인간적인 감정 교류가 이루어져야 이런 유대감 형성이 가능하다. 이 두 조건이 충족되는 순간, 프랑수아즈가 얼마나 오래 마르셀과 할머니를 위해 일했건, 그녀는 알게 된 지 단 며칠 지난 노동자들에게 더 충성심을 보인다.

따라서 그녀가 콩브레의 을랄리에게 연대감을 보이기는커녕 의심의 시선을 던지고 적대감을 표출하는 모습은 얼핏 모순인 듯하나, 앞의 그녀의 행동 코드와 일치한다. 콩브레의 성당만큼이나 그 마을의 오랜 토박이로 등장하는 을랄리는 귀가 약간 어둡고 다리를 저는 노처녀다. 그러나 그녀는 레오니 아주머니가 유일하게 방문을 반기는 사람이기도 하다. 을랄리는 주말이면 레오니 아주머니가 누워 있는 2층 방에 찾아와 콩브레 주민의 뒷담화를 한 보따리 풀어놓고, 매번 용돈을 받아 돌아간다. 그 모습을 프랑수아즈는 의심 가득한 눈초리로 대한다. 프랑수아즈는 을랄리와 감정적 유대감을 형성하지 않았던 것이다.

보통 프랑수아즈는 을랄리가 없을 때면 그녀에 대해 험담하기를 주저하지 않았다. 프랑수아즈는 그녀를 몹시 미워했지만 그녀를 두려워하기도 해서, 그녀가 집에 찾아 올 때면 그녀에게 '좋은 얼굴'을 해야 한다고 믿는 듯했다. 을랄리가 떠난 다음에야 프랑수아즈는 직접 이름을 언급하는 법 없이 고대 신탁을 전하는 여제처럼 전도서에서 볼 수 있는 특유의 일반적인 성격의 경구들을 쏟아 내고는 했는데, 그것이 누구를 향한 것인지 레오니 아주머니는 모르지 않았다. 커튼 뒤에 몸을 숨긴 채 을랄리가 나간 것을 확인하고는, "아첨꾼들은 어디를 가나 환영을 받고, 주머니를 불릴 줄 알지요. 하지만 기다려 보세요. 선하신 하느님은 언젠가 그들에게 모두 벌을 내리실 테니까요"라고 말하고는 했으며, 아탈리를 겨냥하여 요아스가 "악인의 행복은 급류처럼 흘러가 버리게 마련이다"라고 말했을 때 띠었던 암시로 가득한 비스듬한 시선을 번뜩였다.

—『스완네 집 쪽으로』[11]

그런데 사회적 사다리의 꼭대기 층을 차지하는 최상류 귀족이라고 해서 해학의 대상에서 자유로운 것은 아니다. 부르주아 르그랑댕이 속물근성을 적나라하게 들켜 버림으로써 그동안의 언행이 나타내고자 했던 것과는 완전히 다른 본질로 가득한 인물임이 밝혀진 것처럼, 사회적 사다리의 상위권에 위치한 상류 귀족도 프루스트의 해학을 피해 갈 수는 없다.

다음은 귀족 중에 귀족, 서열에 있어서 둘째라면 서러운 파르마 대공 부인이 초대받은 저녁 식사에서 마르셀의 눈에 비친 모습이다.

파르마 대공 부인은 아무 선한 행동도 할 수 없는 상황에서조차 자신은 그곳에 있는 사람들보다 높은 지위에 있다고 생각하지 않는다는 사실을 언어 외적인 신호를 보냄으로써 보여 주거나, 보다 정확히 말하면 믿게끔 만들고자 했다. 그녀는 그곳에 있는 각각의 사람들에게 매력적인 예의를 몸소 실천했다. 제대로 교육받은 교양 있는 사람이 자신보다 열등한 사람들에게 보이는 그런 유의 예의였다. 매 순간 어떤 식의 유용성이라도 증명할 재량으로 그녀는 주변 사람들에게 조금이라도 더 자리를 내주기 위해서 계속해서 자신의 의자를 앞으로 당겨 앉

거나, 나의 장갑을 들어주거나, 내가 필요로 하는 것은 없
는지 반복해서 물어보았다. 이런 세심한 배려를 부르주
아라면 자신이 하기에는 너무 하찮다고 여겨서 신경 쓰
지 않겠지만 군주들이라면, 그리고 본능 혹은 직업의식
에 반응하는 과거 하인들이라면 재까닥 했을 그런 것들
이었다.

—『게르망트 쪽』[12]

자신을 낮추고 상대를 높이기. 자신보다 상대를 배려하기.
이와 같은 겸손과 배려는 분명 귀족적 덕목 중 하나다. 하지
만 위에서 파르마 대공 부인의 '배려심'은 화자가 보기에 진정
으로 자신을 낮추고 상대를 높이려는 의도에서라기보다는 첫
째, 지위가 높은 자만이 가질 수 있는 여유에 근본적인 원인이
있고, 둘째, 자신의 매너를 보여 주기 위한 과시용 행동으로밖
에 생각되지 않는다. 마르셀이 보기에 파르마 대공 부인이 자
신이 앉아 있는 의자를 연신 앞으로 당겨서 자신은 불편을 감
수하더라도 주변 사람들에게 조금이라도 더 공간을 내주려는
행동은 자연스럽지도 못하고, 진심 어리지도 않다. 진정으로

상대를 위하는 배려심이 아닌 자신의 덕목을 강조해서 보여
주고자 하는 자의 허영심의 고백에 그칠 따름이다.

파르마 대공 부인의 매너는 상대방 편의의 도모가 목적이
아니라 귀족 출신 자신이 스스로의 특권을 포기하면서까지
친공화정 가치, '자유, 평등, 박애'를 지지함을 홍보하기 위한
수단이 된다.

이와 같이 자신보다 상대방을 배려하는 행동은 '군주들'에
게 부여된 특권이기도 하다. 특히 상대가 자신보다 지위가 훨
씬 낮은 사람이라면 군주는 자신의 덕목을 뽐낼 요량으로 그
정도를 더욱 과장해서 드러내 보일 수 있다. 스스럼없이 자신
을 낮추기 위해서는 그만한 자신감과 여유가 뒷받침되어야
가능하다. 스스로의 우월함을 인식하고 있는 자만이 할 수 있
는 행동이다.

하지만 반대로 '하인들', 즉 주인들을 모시고, 손님들의 편
의를 도모하도록 교육받은 이들의 몸에 밴 행동일 수도 있다.
옆 사람이 조금이라도 더 편안함을 느끼도록 취하는 같은 행
동이 완전히 다른 이유에서 나타날 수 있다는 사소한 진리지
만, 프루스트는 이를 특유의 유머로 그토록 적확한 비유를 통

해 표현했다.

이렇듯 프루스트는 공평하다. 노동자, 부르주아, 귀족 할 것 없이 그들은 모두 어느 정도 속물적이고, 이기적이며, 자기 중심적으로 이 세상을 파악하고 살아간다.

그런데 우리는 프루스트의 인물들이 놓인 다양한 사회적 상황, 그들을 지배하는 힘의 역학 관계를 읽으며 19세기 말 벨 에포크의 파리지앵이건 오늘도 학교에서, 직장에서 고군분투하는 대한민국 사람이건 그렇게 다르지 않음을 알 수 있다. 물론 겉보기에 각자가 헤쳐 나가야 하는 상황과 그것에 대응하는 행동 양태는 다양하게 변주되어 나타난다. 그러나 본질적으로는 인간관계에서 발생하는 부편적인 어려움을 헤쳐 나가려 애쓴다는 점에서 근본적으로는 같다고 할 수 있을 듯하다. 그래서 프루스트의 인물들이 그토록 많은 이들에게 공감을 일으키는가 보다. 베르뒤랑 부부의 잔인함 속 자비심, 르그랑댕의 속물적 낭만주의, 파르마 대공 부인의 유치한 우월감, 프랑수아즈의 조건부적 연대감과 시샘 등에서 독자는 모순덩어리인 나와 우리의 모습을 발견한다.

『잃어버린 시절을 찾아서』에 붙인 역자 해설에서 이형식 교수가 바로 이와 같은 프루스트 비유의 적확함, 소재가 무엇이든 그것에 구체적 실체를 부여하는 놀라운 글쓰기 능력 때문에 프루스트를 읽다 보면 사실주의 작품이라고 일컫는 소설들이 다소 어설프게 보이는 것은 어쩔 수 없다고 했을 때, 그의 말에 충분히 공감한다. 그에 따르면 프루스트는 내면의 파란만장과 그것의 원인이 되는 외부의 현상을 묘사하기를 가혹하리만치 집요하게 하는데, 이는 "그리스적 노골성", "철두철미한 유물적 세계관", "스토아적 자기 성찰의 면모"를 동시에 띠고 있기에 가능하다는 것이다.

다르게 풀이하자면 프루스트는 소재가 무엇이든 그것에 대해서 열 쪽에 걸쳐 풀어 이야기할 수 있는 재주가 있다. 그것이 게르망트 공작 부인의 빨간 구두, 혹은 식사가 끝난 뒤의 어지럽혀진 식탁 풍경과 같이 매우 구체적인 물성을 지닌 것이든, 시간과 죽음 같이 추상적인 개념이든, 의심과 질투 같은 내밀한 감정이든, 그것을 독자가 손을 뻗으면 만질 수 있을 듯이, 눈을 감으면 떠올릴 수 있을 듯이 생생하고 친근한 무엇으로 표현하는 능력이 탁월하다. 이때 작가의 유머는 독자의 상상력을 즐겁게 자극함으로써, 그 대상에 펄떡이는 생동감을 부여한다. 벨기에의 여성 영화감독이자 소설의 5편을 자유롭게 각색하여 〈갇힌 여인〉을 연출하기도 한 샹탈 아케르만은 한 대담에서 프루스트가 너무나 친근하게 느껴져 그에 대해 말할 때면 종종 "내 어린 마르셀"이라고 칭하는 사실에 양해를 구하기도 한다. 그가 마치 자신의 남동생인 것처럼 가깝게 느껴진다는 것이다.

프루스트의 글을 읽고 절망과 찬탄이 뒤섞인 한숨을 내뱉었던 버지니아 울프가 떠오른다.

"항상 빠져나가곤 하던 것을 마침내 지속적인 실체를 띤 것으로, 대체 어떻게 이토록 아름답고 완벽하게 빚을 수 있단 말인가?"

— 울프가 로저 프라이에게 보낸 1922년 10월 3일 자 편지

6

—

## 사랑

프루스트는 친구로서 같이 있으면 참 즐겁고, 주위 사람을 행복하게 만들이 주는 사람이었을 것 같다. 차 한 잔을 사이에 두고 그와 나누는 대화는 상대에 대한 세심한 배려, 놀라운 기억력, 유쾌한 유머로 늘 끊임없이 웃음을 유발하는 지적, 인간적 즐거움을 선사했을 것이다. 그러나 연인으로서 프루스트는 절대 피해야 할 상대였다. 프루스트의 사랑은 불가능하고, 불행하며, 비극적이다. 사랑에 빠진 프루스트는 질투, 의심, 집착, 소유욕, 감금의 화신이다. 사랑하는 주체도 불행하고, 사랑받는 대상도 괴롭다.

프루스트에게 사랑은 우연히 시작된다. 사랑의 원인은 외부 대상이 아닌 인식의 주체에 있다. 사랑의 대상은 상대의 본질이 아닌, 그 자신이 마음대로 가공해 낸 상상력의 산물이다. 상황이 이렇다 보니 프루스트의 사랑이 유지되는 기간은 상대가 미지의 영역에 놓여 있을 때까지만이다. 상대를 알게 될수록, 프루스트의 영역으로 끌어들일수록, 그의 사랑은 사라진다. 그래서 프루스트의 사랑에는 질투가 늘 동반해야 한다. 질투를 한다는 것은 상대방을 온전히 소유하지 못한 상태라는 것을 뜻한다. 연인의 몸이 나와 함께 있어도 정신이 다른 곳에 있거나, 혹은 연인이 나에게 거짓말을 한다고 의심하는 순간 나는 질투를 느낀다.

그런데 모순은 프루스트가 질투를 하지 않으면, 즉 연인이 완전히 나의 것이라는 확신이 들면, 그 순간 더 이상 사랑을 느끼지 못한다는 데 있다. 그래서 프루스트에게 행복한 사랑은 불가능하다. 그에게 사랑은 질투이자 고통이다. 프루스트의 세계에서 사랑만큼은 절대 비극이다.


우리는 한 번의 미소, 시선, 어깨만으로도 사랑에 빠

진다. 그것으로 충분하다. 이어지는 희망과 슬픔의 긴 시간 동안 우리는 상대를 만들고, 상대의 인격을 빚는다. 나중에 그 여인과 교류하게 되면 우리가 처한 잔인한 상황이 무엇이든 그런 시선과 어깨를 가진 여인으로부터 좋은 인격과 심성을 제거할 수 없게 된다. 마치 젊은 시절부터 알아 오던 여인이 나이가 들어도 성격이 같다고 생각하는 것과 마찬가지다.

—『사라진 알베르틴』[1]

『잃어버린 시간을 찾아서』의 마르셀이 사랑한 여인은 크게 세 명이다. 질베르트, 게르망드 공작 부인, 그리고 알베르틴이다. 하지만 그 외 이름 모를 스쳐 지나간 여인들, 몽상이 빚은 욕망의 여인들, 꿈속 여인들까지 합하면 마르셀이 사랑한 여인들은 무수히 많다. 이 모든 여인들을 '사랑한다'고 표현하는 것에 거부감을 느낄 수도 있겠다. 하지만 마르셀에게 사랑은 욕망과 관계하는 것이고, 욕망의 지속성이나 강도가 다를지라도, 그 대상에게 마르셀은 한결같이 사랑을 느낀다. 대상이 미지의 영역에 머물러 있을 때 사랑을 느끼고, 환상은 사랑의 유지 조건이다.

마르셀이 어린 시절 거의 동시에 사랑한 소녀와 여인이 있다. 소녀는 이웃 스완의 딸 질베르트이고, 여인은 콩브레 마을의 대귀족 게르망트 공작 부인이다. 두 외부 대상은 닮은 점이 하나도 없는 듯하다. 우선 나이부터 다르고, 사회적 배경도 다르다. 질베르트는 마르셀 또래의 어린 소녀이고, 아버지는 부유한 유대인 미술품 딜러 스완, 어머니는 고급 사창가 출신 오데트다. 스완은 그의 아버지 세대부터 마르셀네 가족과 돈독한 친분을 유지하던 이웃사촌이다. 하지만 매춘부와 결혼함으로써 보수적인 시골 부르주아의 도덕적 규범에 위반되는 행위를 저지르자 마르셀 가족은 스완과의 관계가 불편해진다. 마르셀네는 저녁 식사에 초대를 해도 스완만 부르고, 그의 아내 및 딸과는 왕래가 없다. 그만큼 시골 부르주아의 코드는 엄격하고 보수적이다. '스완네 쪽' 산책로를 선택할 때도 오데트와 마주치기라도 할까 봐 마르셀 가족은 되도록 스완네 집 앞쪽 공원을 가로지르지 않고 먼 길을 선택한다.

반면 게르망트 공작 부인은 이미 결혼했고, 부르주아와는 다른 세계, 즉 대귀족 출신이다. 그녀 집안의 선조 중에는 중

그레퓔 백작 부인(Élizabeth Greffulhe, 1860-1952). 소설 속 게르망트 공작 부인의 모델. 폴 나다르 사진.

세 시대의 전설적 여인 쥔비에브 드 브라방을 비롯, 공브레 성당의 스테인드글라스에 표현된 질베르 르 모베가 있다. 그만큼 게르망트 가문은 프랑스의 살아 있는 역사 자체로 인식된다.

그러나 이렇게 다른 두 외부 대상이지만 그녀들을 향한 마르셀의 사랑은 이상하리만치 닮았다. 우선 사랑이 시작된 동기가 동경이며 환상이다. 마르셀에게는 동급 학우인 블로크가 있는데 속물에다가 잘난척하는 이 친구는 문학적 취향도 마르셀보다 한 수 위임을 자처한다. 블로크는 마르셀이 낭만주의 시인 알프레드 드 뮈세의 「시월의 밤」을 좋아한다고 하자, 마르셀의 고리타분한 취향을 한껏 비웃으며, 요즘 가장 인기 있는 작가인 베르고트를 추앙한다. 마르셀은 이때 베르고트에 대해 처음 듣는다. 같은 학년이기는 하지만 자기보다 나이도 많고, 아는 것도 많은 블로크의 의견을 마르셀이 신경 쓰지 않을 수 없다.

마르셀은 자기 또래인 질베르트가 아빠 스완의 예술가 인맥의 후광을 입어 베르고트와 함께 마차를 타고 북부 지방의 고딕 성당을 둘러본다는 말에 질베르트 또한 동경의 대상이 된다. 베르고트에 대한 동경이 질베르트에게로 전이된다. 평소 고급 미술품 애호가로서 스완의 예술적 안목과 지식을 흠모하던 마르셀이었기에 스완의 딸 질베르트에 대한 호기심과 욕망은 그녀가 베르고트와 맺고 있다는 개인적 친분에 의해 한결 증폭된다.

질베르트와 게르망트 공작 부인에 대한 동경에서부터 촉발된 사랑은 공통적으로 그 대상이 미지의 영역에 머무는 동안 시작되고 유지된다. 질베르트와 인사 한번 나눈 적도 없고, 게르망트 부인과 마주친 적도 없다. 마르셀의 사랑은 그럼에도, 아니 바로 그렇기 때문에 시작된다. 외부 대상이 나와 직접적 관계를 맺기 이전에 시작되기에 그들은 마르셀의 사랑에 아무런 책임이 없다. 마르셀이 상상하고 허상을 입혔을 뿐이다. 프루스트의 사랑이 외부 대상에 상관없이 온통 주체 안에서 벌어지는 일이라고 말할 수 있는 이유다.

동경과 환상에서 시작한 사랑은 그 대상과 직접 접촉하는 순간 혼돈에 빠진다. 실제 외부 대상이 주체의 내부에서 형성된 산물과 일치하지 않는 데에서 기인한 혼돈이다. 전설 속에서 튀어나온 듯한 여인으로 상상하고 동경했던 게르망트 공작 부인을 마르셀은 마을 의사의 딸이 결혼식을 올리는 공브레의 성당에서 처음으로 보게 된다.


결혼식이 진행되던 중 문지기가 움직이자 순간, 나는 예배당에 앉아 있는 금발에 상당히 큰 코와 강렬한 파란색 눈을 가진, 매끄럽고 새것인 듯 빛나는 자주색의 풍성한 실크 목도리를 한 여인을 보았다. 그녀의 코 옆에는 작은 뾰루지가 나 있었다. … 바로 그녀였다! 나의 실망은

이루 말할 수 없었다. 그 실망은 내가 게르망트 공작 부
인에 대해 생각할 때면 장식 융단이나 스테인드글라스에
표현된 색채로, 다른 세기의, 살아 있는 나머지 사람들과
는 다른 물질로 그녀를 상상한 데에 기인한 것이었다. 나
는 한 번도 그녀의 얼굴에 붉은 기운이 돌 수도 있고, 사
즈라 부인이 하는 것과 같은 자줏빛 목도리를 두를 수도
있다고 생각해 본 적이 없었다. 그녀의 둥근 얼굴은 내가
집에서 본 적 있는 다른 사람들을 떠올리기도 했는데, 그
들이 닮았다는 사실을 나는 곧바로 의식적으로 떨쳐 버
렸다. 그 여인은 원칙적으로는, 모든 분자 상태에서는 본
질적으로 게르망트 공작 부인은 아닌데 사람들이 무엇이
라 부르는지 알지 못하는 그녀의 육체가 다른 여인에게
소속되어 버린 것일 수도 있다. 그런 여인들 중에는 의사
나 상인 아내 같은 사람도 있다.

—『스완네 집 쪽으로』2


스테인드글라스에 그려지고, 장식 융단에 새겨졌어야 할
비현실적인 인물이 너무나 세속적이고 구체적인 실체를 띠면

서 게르망트 부인은 동네 아무 여인과 대체 가능한 대상이 되었다. 높은 곳에서 비루한 일상의 바닥에 추락한 게르망트 부인은 사실 아무 잘못도 없다. 비자발적으로 마르셀 사랑의 외부 대상이 된 죄뿐이다.

사랑을 하는 인식의 주체로서 마르셀은 대상의 실체를 실제적 접근 없이 온통 자기 안에서 자유롭게 창조했다. 주체의 상상 행위는 현실 대상이 무엇이건 관계없이 임의로 수행된다. 그리고 주체에 의해 빚어진 창조물은 그것의 모델이 된 실제 대상과는 매우 작은 공통분모를 공유할 뿐이다. 그 공통분모가 게르망트 부인의 경우는 '게르망트'라는 이름 하나에 불과하다. 실망이 오죽 그면 그는 게르밍드 부인의 실새는 다른 곳에 있고, 그가 보고 있는 코 옆에 뾰루지가 난 여인은 게르망트 부인의 이름과 육체를 빌린 다른 여인이라고 믿고 싶어질 정도다.

마르셀의 삶에서 가장 강렬한 감정을 불러일으킨 사랑의 대상은 단연코 알베르틴이다. 알베르틴과의 사랑 이야기를 다룬 소설의 5편 『갇힌 여인』과 6편 『사라진 알베르틴』에는 프루스트의 사랑론이 모두 담겨 있다 해도 과언이 아니다. 이

두 편은 그 자체로 독립적으로 읽을 수 있는 사랑 소설이다. 『잃어버린 시간을 찾아서』 전체는 읽기 힘들지만 그래도 프루스트의 세계를 엿보고 싶은 독자라면 이 두 편만이라도 따로 떼어 내 읽어 보기를 권한다(하지만 이 두 편에 대한 독자들의 호불호가 갈린다. 전 편들 중에서 가장 지루하다고 평하는 이들도 있다).

마르셀이 질베르트에 대해 품게 된 동경은 그녀가 소설가 베르고트와 맺고 있던 친분에서부터 시작되었듯이, 그가 알베르틴을 포함한 한 무리 소녀들에게 사랑을 느끼게 된 동기는 변화무쌍한 생동감과 거친 매력의 바다에 대한 동경에서 파생된다. 그는 소녀들의 무리를 발베크 해변가를 배경으로 처음 보게 되었고, 그래서 그녀들을 자유로운 갈매기들, 혹은 그리스 해변가에 놓여 있는 태양에 그대로 노출된 조각상들에 비유하며 허상을 입힌다.

내가 깨닫지도 못한 채 여전히 무의식적으로 그녀들에 대해 생각할 때면 그녀들은 바다의 일렁이는 푸른 물결이자, 바다 앞에서 한 무리를 형성하는 실루엣이었다. 그녀들을 볼 수 있으리라는 기대감으로 어떤 마을로 향할 때면 내가 찾는 것은 바다였다. 한 사람에 대한 최고의 배타적인 사랑조차 언제나 다른 무엇에 대한 사랑이다. … 예전에 샹젤리제에서 놀던 시절부터 막연하게 짐작하던 사실이자 그 이후 확신하게 된 것은 한 여인을 사랑할 때 우리는 우리의 정신 상태를 그녀에게 투사시킬 뿐이라는 사실이다. 그 결과 중요한 것은 여인의 가치가 아니라 우리의 정신 상태다. 별 볼 일 없는 젊은 처녀가 우리에게 일으키는 감동은 천재와 나누는 대화나 뛰어난 예술 작품을 감상할 때 느끼는 희열과 마찬가지로 우리의 가장 내밀하고, 가장 개인적이고, 가장 멀리 있으며, 가장 본질적인 부분을 의식 위로 끌어올릴 수 있다.

— 『꽃핀 소녀들의 그늘에서』[3]

5편과 6편은 사실 작가가 『잃어버린 시간을 찾아서』를 구상하던 초기에는 존재하지 않았다. 그런데 1913년에 1편이 출간되고, 1914년에 1차 세계대전이 발발하면서 출판사 활동이 중단된다. 소설의 뒷부분을 발표할 수 없게 됨과 동시에 프루스트 인생에 큰 사건이 생기면서 소설의 전체적인 구조가 변화를 겪고 분량도 대폭 늘어난다. 그 사건이란 알프레드 아고스티넬리(Alfred Agostinelli, 1888-1914)와의 만남, 그리고 그의 죽음이다.

1907년 프루스트가 알프레드를 처음 만났을 때 프루스트 나이 36세, 알프레드 19세였다. 처음에 프루스트는 알프레드를 운전사로, 이어서 비서로 고용한다. 프루스트는 알프레드에게 완전히 매료된다. 알프레드에게 동거하는 여자 애인이 있는 것은 상관없다. 프루스트는 그와 그의 애인을 자신의 집에 함께 불러들인다. 그렇게 해서 세 사람의 불편한 동거가 시작된다.

그 기간 어떤 일이 있었는지 구체적 기록은 남아있지 않다. 다만 알프레드가 프루스트의 사랑을 이용해 고용주의 돈을 과하게 받아 낸 것, 프루스트의 질투와 감시를 견디지 못하고 도주한 것 정도만 알려져 있다. 알프레드는 프랑스 남부에서 '마르셀 스완'이라는 가명으로 비행 수업에 등록하고, 두 번째 단독 비행에서 사고로 바다에 추락하여 사망한다. 프루스트는 앙드레 지드에게 보낸 편지에서 알프레드가 본능적 지성의 소유자였고, 그의 죽음은 자신의 인생에서 가장 큰 고통을 느끼게 했다고 전한다.

하지만 프루스트는 소설가다. 알프레드와의 사랑은 소설 속에서 알베르틴 이야기로 변주된다. 마르셀에게 사랑의 대상은 필연이 아닌 우연의 산물이다. 알베르틴과 사랑에 빠지게 되었지만, 그녀의 옆에 있던 다른 소녀와 얼마든지 사랑에 빠졌을 수도 있다. 사랑의 본질은 인식의 주체 안에 있다. 외부 대상은 어쩌다 그 순간, 그 장소에 있었을 뿐.


내가 그녀를 어찌나 고집스럽게 바라보았던지 나의 시선을 의식한 반짝이는 뉴을 한 자전거 소녀는 가장 키가 큰 소녀에게 무언가 말을 했고, 내게 그 말은 들리지 않았지만 상대 소녀는 웃음을 터뜨렸다. 솔직히 내 마음에 가장 들었던 소녀는 그 갈색머리는 아니었다. 그녀의 머리카락은 갈색에 불과했는데(탕송빌의 언덕길에서 질베르트를 본 순간부터), 내게는 황금빛 피부에 붉은 기운이 도는 머리카락을 가진 소녀가 이상형으로 남아 있었기 때문이다. 하지만 질베르트에 대한 내 사랑도 그녀가 베

르고트의 친구라는 후광에 감싸인 덕분에, 그와 함께 성
당을 방문하기 때문이 아니었던가? 같은 방식으로 그 갈
색 머리 소녀가 나를 보았다는 사실에(그래서 우선 그녀와
먼저 말을 트게 될 수도 있을 것이라는 기대감을 갖게 되었고),
그녀가 나를 다른 소녀들, 가령 노인 위로 점프한 무자비
한 소녀, 혹은 "이 노친네 정말 불쌍해 죽겠어"라고 말한
거친 입의 소녀에게 소개해 줄 가능성이 있어서 즐거워
할 수 있는 것 아니겠는가?

— 『꽃핀 소녀들의 그늘에서』[4]


사랑에 빠지게 되는 이유에 상대의 외모는 전혀 중요하지
않다. "예쁜 여자들은 상상력이 없는 남자들에게나 줘 버리
자."[5] 화자의 말이다. 로베르가 정신을 못 차릴 만큼 푹 빠져
있는 여배우 라셀의 사진을 마르셀에게 처음 보여 줬을 때, 마
르셀의 반응은 실망 자체다. 마찬가지로 이번에는 마르셀이
자신을 질투의 화신으로 만든 알베르틴의 사진을 로베르에
게 보여 주자, 로베르는 차마 아무 말도 하지 못한다. 그저 속
으로 '고작 이거였어!'라고 경악할 뿐이다. 프루스트의 사랑은

객관적이지 않다. 대상은 그저 거기에 있을 뿐, 모든 것은 그것을 바라보는 주체의 시선과 인식에 관한 것이다.

그런데 프루스트에게 있어서 이와 같은 원칙은 비단 사랑에만 한정되지 않는다. 사랑의 원칙을 보편적인 지각 작용 전체에 확장시켜 적용해도 그것이 유효함을 확인할 수 있다. 프루스트에 따르면 우리가 대상을 보고, 느끼고, 판단하는 것은 주체 스스로가 만들어내는 것에 다름없다.

나는 거칠고 그릇된 인식만이 모든 것을 대상에 둔다는 사실을 깨닫게 되었다. 사실 모든 것은 정신에 달려있는데 말이다. 내가 진정으로 할머니를 여읜 것은 할머니가 돌아가시고 여러 달이 지난 후였다. 나는 사람들이 다른 특성을 띠게 되는 것을 보게 되었는데, 그것은 오로지 그들에 대해 내가, 혹은 다른 사람들이 어떻게 생각하느냐에 따라 바뀐 것이었다. 또한 동일한 사람이 여러 사람이 되고는 했는데, 그를 다른 사람이 어떻게 보느냐에 따라 달라지기 때문이었다.

—『되찾은 시간』[6]

　소설 속 사랑의 또 하나의 특징은 대상이 달라도 그들을 향한 마르셀의 사랑의 형태에서 목격되는 유사성이다. 질베르트, 게르망트 부인, 알베르틴에 대한 마르셀의 사랑에는 패턴이 있다. 규칙이 있고, 그 과정이 놀랄 만큼 닮았다. 마치 마르셀이 늘 똑같은 사랑을 하는 것과 같다. 늘 똑같은 사랑이 마르셀을 따라다니는 것과 같다.

　하루의 다양한 빛과 그림자에 따라 시시각각 다르게 보이는 인상을 그린 클로드 모네의 성당 연작들이 결국에는 모두 같은 루앙 성당을 대상으로 하고 있는 것처럼, 서른 개의 변화무쌍하고 생동감 넘치는 변주들이 가능함을 보인 바흐의 골드베르크 변주곡이 사실은 하나의 주제에 바탕을 두고 있는 것처럼, 마르셀의 사랑은 다양한 외부 대상에도 불구하고 결국 모두 닮은 꼴의 사랑이다.

　다가올 사랑의 특징들은 이전의 사랑의 것을 바탕삼아 빚어지기 마련이다. 왜냐하면 우리는 사랑했던 여인보다 자기 자신에게 더 충실하기 마련이고, 새로운 사랑을 하기 위해 ―이는 인간의 특성 중 하나인 만큼― 언젠

클로드 모네, 〈루앙 성당. 이른 오후〉, 1892년.

클로드 모네, 〈루앙 성당. 석양〉, 1892년.

클로드 모네, 〈루앙 성당. 태양을 받은 서쪽 정문〉, 1894년.

가는 반드시 그녀를 잊게 되어 있기 때문이다. 우리가 그
토록 사랑했던 그녀는 기껏해야 그녀에 대한 나의 사랑
에 특별한 형태를 부여하게 만들었을 뿐인데, 그 결과 우
리는 불충실 속에서조차 그녀에게 충실하게 된다. 다시
말해 다음에 사랑할 여인과도 이전 여인과 했던 것과 동
일하게 아침 산책을 할 것이며, 저녁에는 마찬가지로 집
에 배웅하거나, 선물 공세를 펼칠 것이다.

— 『되찾은 시간』[7]

과거에 사랑했던 여인의 모습이 미래에 사랑하게 될 여인
의 모습에 담겨 있다. 마찬가지로 작가 프루스트의 소설에는
인간 프루스트의 삶이 담겨 있지만, 반대로 인간 프루스트의
삶에는 작가 프루스트의 소설이 담겨 있기도 하다. 『잃어버린
시간을 찾아서』 어디까지가 작가의 실제 경험을 반영한 것인
지, 허구의 인물 샤를뤼스 남작의 어디까지가 실제 모델인 몽
테스키우 백작인지 명확하게 선을 긋기가 불가능한 이유, 아
니 왜 그럴 필요가 없는지에 대한 이유다. 대상은 중요하지
않고 모든 것은 주체가 인식하기 나름이기에, 지나간 사랑에

는 미래에 다가올 사랑이 이미 담겨 있기 때문이다. 프루스트의 소설에는 그의 삶이 담겨 있지만, 그의 삶은 미래의 소설을 위해 바쳐졌기 때문이다.

영감이 다시 떠올라서 책상 앞에 앉을 때면 사랑을 불러일으켰던 그 여인은 이미 더 이상 같은 감정을 느끼게 하지 못한다. 그렇게 되면 예술가는 작품을 완성하기 위해 다른 여인을 모델 삼아 써 내려가야 하고, 비록 이것이 처음에 사랑했던 여인에 대한 배신이라 해도 우리의 감정의 유사성에 의해 예술 작품은 우리의 옛사랑의 기억이자 동시에 다가올 사랑의 예언이기도 하기에, 그 사랑들 사이에 호환이 그리 불편한 일은 아니다. 작가가 소설에 등장시키는 인물이 실제 누구를 모델로 한 것인지 파헤치는 노력이 헛된 이유다. 자전적인 고백이라고 하는 작품조차 작가가 경험한 여러 에피소드들이 뒤섞인 것이고, 그런 에피소드 중에는 그에게 작품의 영감을 불러일으킨 과거의 것들도 있지만 다가올 미래의 것들도 포함되어 있기 때문이다. ─『되찾은 시간』[8]

화자는 사랑에 대한 환상이 없다. 자신이 사랑에 빠지는 계기와 전개, 종결까지 매우 냉철하게 거리를 둔 채 분석한다. 외과 의사가 날카로운 메스로 환자의 복부를 절개하여 수술을 집도하는 방식으로 마르셀은 해부학적으로 자신의 사랑이 갖는 우발성, 사랑의 대상들 사이의 상호 대체성, 유사한 패턴으로 전개될 새로운 사랑의 가능성을 묘사한다. 과거의 사랑이 떠남에 따른 안타까움도 없고, 앞으로 다가올 사랑에 대한 기대감도 부재하다. 운명적인 사랑이 아닌 우발적 사랑이고, 이별에 따른 고통 이후에는 어김없이 망각이 그것을 치유한다는 믿음이 있다.

프루스트가 분석하는 우발적인 사랑은 오로지 자신에게만 이유가 있고, 오로지 자신으로부터 시작되는 것이기에, 상대가 바뀌어도 비슷한 양상으로 새롭게 반복될 수 있다.

2년 후 내가 할머니와 함께 발베크로 떠났을 때, 나는 질베르트에 대해 거의 완전히 무관심해진 상태였다. 내가 새로운 얼굴에 매료되거나, 다른 어린 소녀와 함께 이탈리아의 고딕 성당, 왕궁, 정원을 방문하고 싶은 마음이 들기라도 하면, 나는 이와 같은 사랑은 만들어진 어떤 대상에 대한 것인 만큼 실재가 아닐 수도 있겠다는 생각에 슬픔에 잠기고는 했다. 달콤하거나 고통스러운 몽상이 작용하여 우리의 사랑은 어느 특정 여인에 의해 필연적으로 생겼다고 생각될지라도, 의도적이건 아니건 어떤 경로로든지 그와 같은 작용이 와해되는 순간, 그 사랑은 반대로 우발적이며 우리 스스로에 의해 형성된 것이기에 다른 여인을 향해 다시 태어날 수 있는 것이다.

―『꽃핀 소녀들의 그늘에서』[9]

그래서 많은 연구자들이 프루스트의 사랑을 일종의 질병에 비유하기도 한다. 특정한 감염병에 걸린 환자가 단계적 증상을 호소한 후 완쾌되는 일련의 과정이 프루스트의 인물이 사랑에 빠졌다가 헤어나는 과정과 놀라울 만큼 닮은 꼴이라는 것이다.

우연하지만 특정한 계기로 인체는 바이러스에 감염된다. 바이러스는 소정의 잠복기를 거쳐 슬그머니 그 첫 증상을 발현한다. 질병은 환자의 신체와 정신을 온통 헤집어 놓고 환자의 면역계는 무너진다. 질병은 그를 최고의 고통을 향해 밀어붙인다. 하지만 결국 바이러스는 그 위력을 잃고 환자의 몸을 떠난다. 이제 그는 회복기에 들어가고 마침내 완쾌된다. 그런데 이후 간헐적으로 질병의 후유증이 불쑥 나타나기도 한다. 하지만 이내 그 증상은 사라지고, 환자는 자신이 진정으로 과거의 질병에서부터 해방되었음을 깨닫는다. 하지만 이후에도 다른 질병이 곧 또 하나의 우연한 접촉을 통해 그의 몸에 침투할 수 있고, 그렇게 되면 그는 또 한 번의 앓이와 또 한 번의 회복을 거칠 것이다.

스완의 사랑이라는 이 질병은 완전히 번식해 버려서 그의 모든 습관과 모든 행동, 생각, 건강, 수면, 삶, 하물며 자신의 죽음 이후에 바라던 것들에게까지 영향력을 행사했다. 스완의 사랑은 그와 완전히 한 덩어리가 되어서, 그를 파괴하지 않고는 그것을 제거하는 것이 불가능했다. 외과 의사가 단언하듯이, 그의 사랑은 더 이상 수술할 수 없을 지경이 되었다.

―『스완네 집 쪽으로』[10]

그렇다면 프루스트에게 사랑은 온통 비극이며 오로지 부정적인 효과만 있는 것일까? 반드시 그렇지만은 않다. 프루스트에게서 사랑의 긍정적인 측면은 정말 모순적이게도 그것이 야기한 고통에 따른 것이다.

사랑에 의한 고통은 그것을 겪는 사람에게는 상대의 죽음을 바랄 정도로 괴로운 것이다. 스완은 오데트에 대한 질투로 고통스러운 나머지, 술탄 메흐메트 2세가 자신이 사랑하던 여인을 찔러 죽이고 마침내 자유를 찾았다던 일화를 떠올리며, 그 순진한 술탄의 심정이 너무나 잘 이해된다고 토로하지 않던가? 또한 스완의 분신인 마르셀도 알베르틴을 의심한 나머지 그녀의 죽음을 바란 적도 있다. 하지만 사랑에 따른 고통은 그것을 겪는 자가 예술가일 경우에는 그로 하여금 훌륭한 예술 작품을 창작하게 만드는 자양분이 된다.

사랑하는 여인에게 비싼 선물을 하는 것의 흥미로운 점은 그 행동으로 인해 나를 불행하게 만든다는 사실이다. 이는 다시 말해 나로 하여금 책을 쓰게 만드는 것과 동의어다. 위에서 내리누르는 물의 압력이 클수록 물이

높이 분출되는 자분 대수층의 원리를 이용한 우물처럼,
고통이 마음을 깊이 파고 내려갈수록 예술 작품은 높은
경지에 오를 수 있다.

—『되찾은 시간』[11]

결국은 예술의 문제로 귀결된다. 사랑은 상대의 죽음을 원
하게 만들 만큼 괴로운 것이지만, 그것을 경험한 자는 인간을
더욱 완전하게 파악하고, 세계를 더 깊이 이해하게 되면서 인
간과 세계에 대한 통렬한 혜안을 갖춘다. 프루스트에게 사랑
은 훌륭한 예술가가 되기 위한 전제 조건이 될 수 있다.

7

—

## 예술

　나는 삶에서 무엇을 추구하는가? 내가 사는 이유는 무엇인가? 삶의 목적, 존재의 이유 등에 대해 질문을 던지면 어떤 이들은 추상적인 답을 내놓을 것이고, 어떤 이들은 매우 구체적인 목표를 이야기할 수도 있다. 많은 사람들이 행복이라고 할 것이고, 보다 이타적인 사람이면 인류의 평화를 바랄 수도 있을 것이다. 수험생에게는 원하는 대학 입학일 수도 있고, 아기를 갓 출산한 엄마라면 아기의 건강이라고 할 것이다. 프루스트는 생애 마지막 13년을 자신의 지난 삶을 담은 소설 쓰기에 모두 바쳤다. 글쓰기에 자신의 삶의 구원을 발견했고, 위대한 소설을 완성하는 데 삶의 목표를 두었다. 그래서 흔히 프루스트를 예술 지상주의자라고 여기기도 한다.

그런데 프루스트에게 그의 책은 참으로 실질적이고도 구체적인 무엇이었다. 또한 예술 작품 창작에 절대적 의미를 두었지만, 예술 작품 존속의 상대성을 누구보다 잘 알고 있었다. 그래서 프루스트의 책은 장엄하면서 소박하고, 겁을 집어먹게 하면서 애처롭고, 거부감을 일으키면서 끌어당긴다.

그와 같은 책을 쓸 수 있는 자는 얼마나 행복할 것인지, 얼마나 큰 노동이 그의 앞에 놓여 있을지! 그것이 어떤 책이 될지 설명하기 위해서는 가장 위대하고, 가장 다른 예술들에 비교해야 할 것이다. 각 인물의 모순된 측면을 드러내야 할 그 책의 작가는 섬세하게, 끊임없이 힘을 집중시키며, 선제공격하듯이, 피로를 견디듯이, 규칙에 복종하듯이, 성당을 건설하듯이, 식단을 따르듯이, 장애물을 뛰어넘듯이, 우정을 쟁취하듯이, 아이를 애지중지하듯이, 고유의 신비함을 간직하고 있는 세상을 창조하듯이 ―그러나 그런 신비함에 대한 설명은 다른 세계에 있기 마련이고, 그런 신비함을 예감하게 하는 것은 삶과 예술에서 느끼는 감동이다— 그의 책을 준비해야 할 것이다. 그와 같은 거대한 책에는 건축가의 도면이 예고하는 방대함 때문에 단지 밑그림을 그릴 시간만 있고 결코 완성되지 못할 부분들이 있기 마련이다. 완성되지 못한 거대한 성당들은 얼마나 많은가! 우리는 그것을 살찌우고, 취약한 부분들을 강화시키고 보존하지만, 어느 순간부터 그것은 스스로 자라나고, 우리가 묻힐 무덤을 가리키고, 우리를 비난으로부터 보호하고, 망각으로부터 잠시 지켜 주기도 한다. 다시 내 문제로 돌아오자면 나는 다소 수박하게 내 책에 대해서 생각했다. 내 책을 읽을 사람들에 대해 생각하면서 나의 독자들이라고 말하는 것은 정확한 표현이 아니다. 그들은 내가 보기에 나의 독자가 아니라 그들 스스로를 읽는 독자들이다. 내 책은 콩브레의 안경점 주인이 손님에게 내미는 일종의 시각용 렌즈에 불과하기 때문이다. 내 책을 통해 나는 독자들에게 그들 스스로를 읽는 방법을 제공할 것이다.

—『되찾은 시간』[1]

『잃어버린 시간을 찾아서』에 등장하는 다양한 인물군 중
에는 예술가군이 있다. 화가 엘스티르, 음악가 뱅퇴유, 소설
가 베르고트, 연극 배우 라 베르마 등으로 구성되어 있다. 그
런데 소설가 베르고트가 다른 예술가들에 비해 유난히 중요
하게 부각되는 이유는 우선 그가 프루스트와 마찬가지로 소
설가로 설정되기에 프루스트의 문학론을 펼치기 위해 이용하
는 인물이기도 하지만, 무엇보다 너무나도 유명한 그의 죽음
장면 덕분이다.

마침내 그가 아는 다른 어떤 것보다도 강렬하며 다르
다고 생각했던 베르메르의 그림 앞에 서서 평론가의 기
사 덕분에 파란색 옷을 입은 작은 사람들, 모래는 분홍색
이라는 사실, 그리고 마침내 노란 벽의 작은 면을 구성하
는 진귀한 자재를 처음으로 발견하게 되었다. 현기증이
악화되었다. 그는 어린아이가 노란 나비를 잡으려 애쓰
듯, 노란 벽의 진귀한 작은 면에 시선을 집중했다. 그는
말했다. "나도 이렇게 썼어야 했는데. 내가 마지막에 쓴
책들은 너무 건조해. 이 노란 벽의 작은 면처럼 색을 여러

겹 입혀서 칠했어야 했는데, 내 문장이 그 자체로 진귀해지도록 했어야 했는데." 그동안에도 현기증은 나아지지 않았다. 그 순간 천상의 저울이 그의 앞에 나타났고, 저울의 한쪽 팔에는 그의 생애가, 다른 팔에는 그토록 잘 칠해진 노란 벽의 작은 면이 올려져 있었다. 그는 후자를 위하여 전자를 무모하게 희생했다는 생각을 지울 수가 없었다. "이 전시회에 대한 가십 기사에 등장해 석간신문에 실릴 수는 없지." 그는 반복했다. "처마 밑 노란 벽의 작은 면, 노란 벽의 작은 면." 그러나 그는 결국 둥근 소파 위에 주저앉았다. 동시에 갑자기 긍정적이 되어서 더 이상 자신의 죽음에 대해 생각하지 않게 되었다. "덜 익힌 감자를 먹은 것 때문에 체한 것일 테지. 아무것도 아닐 거야." 다시 한번 발작이 엄습해 왔다. 그는 소파에서 바닥으로 쓰러졌고, 관람객들과 관리인들이 몰려들었다. 그는 숨을 거두었다. 영원히 죽은 것일까? 과연 누가 그렇다고 말할 수 있을까? 물론 그 어떤 영적인 경험과 종교적인 교의도 영혼이 존속한다는 것을 증명할 수는 없다. …

그는 땅속에 묻혔지만 장례의 날 밤, 서점의 진열대에
는 조명을 받아 빛나는 그의 책들이 셋씩 짝을 이루어 마
치 날개를 활짝 펼친 천사들과도 같은 모습으로 밤을 지
새웠고, 이는 사라진 작가의 부활을 의미하는 하나의 상
징과도 같았다.

—『갇힌 여인』[2]

예술가는 사라져도, 작품은 남는다. 예술가의 육신은 죽어
도 영혼은 작품에 의해 생명을 유지한다는 프루스트의 예술
절대주의자의 면모를 대표하는 에피소드로 가장 많이 인용되
는 유명한 장면이다. 얼마나 많은 프루스트 숭배자들이 작가
의 묘가 있는 파리의 페르 라셰즈 묘지에 이어 헤이그의 마우
리츠하위스 미술관을 방문하여 베르메르의 〈델프트 전경〉 앞
에 섰던가! 그렇다고 그들을 속물이라고 비웃기에는 프루스
트에 대한 그들의 애정이 너무 진실되다. 프루스트 자신도 한
때 그의 우상이자 멘토였던 존 러스킨을 기리는 순례 여행으
로 아미앵 성당과 베네치아의 산마르코 예배당에서 긴 시간
을 상념에 빠져 보내기도 했다.

그런데 『잃어버린 시간을 찾아서』 마지막 몇 쪽에 작가의 예술론이 총집결되어 있다고 할 수 있는 부분에서 프루스트는 예술 작품의 영원성을 부정한다. 베르고트의 죽음 장면, 다시 말해 예술 작품의 불멸, 혹은 육신에 대한 영혼의 승리라고도 부를 수 있는 장면으로부터 한참이 지나 프루스트는 과거 자신이 한 말을 스스로 뒤집는 듯하다. 프루스트는 예술 작품의 불멸을 믿지 않는다. 이상화하지도 않는다.

> 틀림없이 내 책들은 나의 육체와 마찬가지로 언젠가는 죽을 것이다. 하지만 죽음을 받아들여야 한다. 십 년 후, 백 년 후, 내 책들은 사라져 없어질 것이디. 사람뿐만 아니라 작품도 영원한 것은 없다.
>
> ─『되찾은 시간』[3]

흥미로운 사실은 많은 이들이 이 추가 부분을 간과한다는 점이다. 독자들은 이 추가 부분을 기억하지 못하거나, 굳이 그것을 프루스트의 최종 판단이라고 받아들이고 싶어 하지 않는 듯하다. 프루스트를 읽는 대다수 독자들이 예술의 상대성에 대한 프루스트의 최종 선언 대신, 『잃어버린 시간을 찾아서』 중에서 가장 극적인 사건 중 하나인 베르고트의 죽음이 전달하고자 하는 메시지를 믿기를 선택한 듯하다. 예술의 영원성을 믿고 싶은 마음은 달리 말하면 영혼의 불멸에 대한 소망이다. 이는 결국 죽음의 지배에서 벗어나고자 한 인류의 숙원의 또 다른 이름이다.

죽음을 뛰어넘는 영생에 대한 욕망은 인류가 지상에 존재하는 한 늘 함께했다. 선사시대의 동굴 벽화나 고대의 미라 제작을 통해 그 염원은 표현되었다. 프랑스의 영화평론가 앙드레 바쟁은 조형예술 탄생의 기원에 영원한 삶에 대한 인간의 본능적 욕망을 보기도 한다. 자신의 육체를 닮은 형상의 제작을 통해 영혼의 불멸을 기원했다. 죽음에 저항하는 나름의 방법이었다.

하지만 프루스트는 작가의 책이 잠시는 그를 독자의 망각으로부터 보호해 줄 수는 있어도 언젠가는 그의 책도 사라질 것이라고 말하고 있다. 그럼에도 프루스트는 마지막 13년을 자신의 책에 바쳤다. 자신의 책이 영원하지 않을 것이라 생각하면서도 그럼에도 쓰는 작가. 여기에 프루스트의 위대함이 있다.

그런데 예술 작품의 불멸성 신봉자, 혹은 예술 예찬론자로서 우리가 프루스트를 기억한다면 그토록 많은 독자들이 단체 기억상실증에 걸렸거나, 서점 진열장에 전시된 베르고트의 날개 펼친 천사-책들만을 기억하기로 입을 맞추었기 때문은 물론 아닐 것이다. 프루스트는 『되찾은 시간』에서 위대한 예술 작품은 수 세기가 지나도 그것을 감상하는 사람을 뒤흔들어 놓을 수 있음을 이야기한다. 프루스트는 모순덩어리다.

오로지 예술에 의해서 우리는 우리로부터 벗어날 수 있고, 달의 풍경만큼이나 미지의 것으로 남았을 수도 있는 풍경이 있는 세계, 나의 것과는 다른 세계에 사는 사람이 그곳에서 무엇을 보는지도 알 수가 있다. 예술 덕분에, 우리가 사는 세계, 단 하나의 세계만을 보는 대신에 세계가 배가되는 것을 볼 수 있다. 독창적인 예술가들이 존재하는 만큼 우리가 사는 세계는 늘어나고, 그렇게 만들어진 세계들은 무한에서 펼쳐지는 우주들보다도 서로가 더욱 다르며, 그 예술가가 렘브란트이건 베르메르이건, 근원지가 사라진 지 수 세기가 지난 후에도 여전히 우리에게 그들의 특별한 광선을 보내온다.

— 『되찾은 시간』[4]

렘브란트의 자화상에서, 베르메르의 실내 정경에서 감상자는 화가가 사라진 이후에도 그의 살아 있는 영혼을 되찾는다. 예술 작품을 통해 화가는 불멸의 삶을 누리는 듯하다. 이런 낭만적인 믿음은 존 러스킨이 영국 화가 윌리엄 터너에 대해 했던 말의 연장선에 있으며, 더불어 프루스트가 존 러스킨에 대해 했던 말과도 일치한다.

소멸된 별들에서부터 여전히 빛이 전해져 오는 것처럼 죽은 후에도 그[러스킨]는 계속해서 우리에게 빛을 비춘다. 그가 터너에 대해 했던 말을 우리는 그에게도 적용할 수 있다. "무덤 깊은 곳에 누워 영원히 감은 그의 눈을 통해서 아직 태어나지도 않은 다음 세대들이 자연을 보게 될 것이다."

— 『모작과 잡록』[5]

그런데 예술이 가지고 있는 모순에 대한 프루스트의 시선은 비단 예술에만 향하지 않는다. 그것이 예술일 수도 있지만 권위, 지식, 재력, 종교 등에도 모순을 발견한다. 물론 인간을 바라보는 시선도 예외는 아니다.

사즈라 부인은 평소 극단적인 반유대주의자이지만, 드레퓌스 사건에서는 억울하게 첩자 누명을 쓴 유대인 드레퓌스 대위를 옹호한다. 저속하고 야비하기까지 한 베르뒤랑이 알고 보니 탁월한 미술평론가였다. 로베르는 아내에게 이보다 더할 수 없는 극진한 배려와 친절을 베풀지만, 동성 애인과의 관계를 숨기기 위해 다른 여인과의 거짓 염문을 뿌린다. 옥타브는 카지노에서 도박을 일삼고 자동차 경주에만 흥미를 보이는 경박한 청년이지만, 후에 위대한 작가로 거듭난다. 뱅퇴유 양의 동성 애인은 죽은 뱅퇴유의 사진에 침을 뱉고 모욕하지만, 뱅퇴유의 악보를 정서해서 세상에 내놓는다. 마르셀은 알베르틴과의 관계를 끝내고 베네치아로의 자유로운 여행을 꿈꾸지만, 막상 그녀가 떠나자 어떻게든 그녀를 돌아오게 하려고 요트를 선물할 생각까지 한다.

프루스트의 세계관 자체가 절대성을 거부하고 상대성에

바탕을 둔다. 이성복 시인은 『프루스트와 지드에서의 사랑이라는 환상』이라는 탁월한 저서에서 이와 같은 프루스트의 세계관을 "상극하는 것들의 화해"라고 명하기도 한다. 그것이 무엇이든 절대성을 거부한다는 것은 독선에 빠지지 않게 한다. 삶을 대하는 겸손한 자세라고도 할 수 있다.

예술과 인간에 대한 프루스트의 모순은 여기서 그치지 않는다. 『잃어버린 시간을 찾아서』는 정통 소설도, 정통 비평서도 아니다. 구성적 장치와 서사적 재미를 갖춘 소설이면서 동시에 다양한 주제에 대한 작가의 이론과 분석으로 가득한 비평서이기도 하다. 프루스트는 추상적이고 개념적인 것을 매우 실질적이면서도 구체적인 것으로 형상화하는 방법을 알고 있었다. 프루스트 연구자들은 그 이유 중 하나로 고등학생 시절 프루스트의 철학 교사였던 알퐁스 다를뤼의 영향을 꼽는다. 이 철학 교사는 철학을 시적인 것으로, 사상을 문학적인 것으로 전환하여 학생들에게 전달하는 놀라운 능력이 있었다고 한다. 그를 통해 프루스트는 자신의 책이 소설적인 것만으로는 부족하고, 여기에 철학과 사상이 덧붙여져 합을 이룰 때만이 위대해질 수 있음을 깨달았을 수도 있다.

그러나 물론 이런 깨달음이 바로 찾아온 것은 아니다. 이와 같은 독특한 책을 쓰기까지 프루스트는 두 개의 미완성 작품이 필요했다. 자신의 자전적 경험이 거의 그대로 들어 있는 자전소설 『장 상퇴유』, 그리고 당대 대표적인 비평가인 생트뵈브의 전기적 방법론을 정면으로 반박했던 『생트뵈브에 반대하여』가 그것이다. 우리에게는 당연히 낯선 작품이다. 두 작품을 집필하는 데 각각 여러 해를 투자하지만, 어떻게 완성해야 할지 몰라 결국 포기한다. 그러다 마침내 이 둘을 아우를 수 있는 책을 쓸 방법을 발견하고, 그것을 실행한 것이 바로 『잃어버린 시간을 찾아서』다.

『잃어버린 시간을 찾아서』는 이와 같은 양가적인 특징을 가지고 있고, 그래서 그 자체가 모순덩어리다. 작가는 "이론이 있는 예술 작품은 가격표를 떼지 않은 물건과 같다"고 하면서 정작 자신의 소설 안에 자신의 예술론을 장황하게 펼친다.

그들이 주장하는 내용이 논리적인지 따져보기도 전에 내게 그런 이론들은 그것을 주장하는 사람들의 열세를 증명하는 것처럼 보였다. 마치 교육을 잘 받은 아이가 초대받아 간 집안의 어른들이 "우리는 숨기는 게 하나도 없어요. 우린 솔직한 사람들이거든요"라고 말하는 것을 듣는 순간, 그런 사람은 이미 그저 침묵을 지키는 행동, 그 단순하고도 쉬운 올바른 하나의 행동보다 낮은 도덕적 품성의 소유자임을 눈치채는 것과 같다. 진정한 예술은 그런 선언문들과는 별개이며 침묵 속에서 완성된다. … 이론이 있는 예술 작품은 가격표를 떼지 않은 물건과 같다.

—『되찾은 시간』[6]

프루스트의 책은 수 세기에 걸쳐 돌을 쌓아 건설하는 내성당이자, 여기저기 덧댄 천으로 기운 너덜너덜한 치마이며, 목숨을 부지하기 위해 세에라자드가 밤마다 이야기 잔치를 베푸는 『천일야화』이자, 밤새 양념에 재워 놓았다가 푹 곤 프랑수아즈의 소고기 요리다.

프랑수아즈가 종이 두루마리라고 부르는 것들을 자

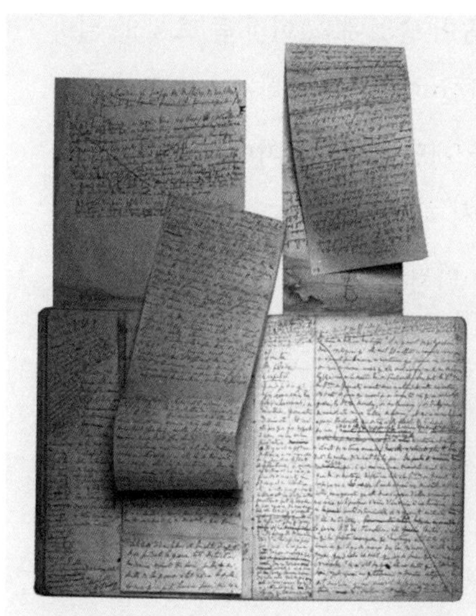



꾸 이어 붙이는 바람에 그것들은 여기저기 찢어지고는 했다. 필요에 따라 그녀는 내가 그것들을 단단하게 만드는 것을 도울 수 있지 않을까? 그녀가 치마의 해진 부분에 천을 덧대어 수선하던 것처럼, 내가 인쇄업자를 기다리듯 그녀가 창문 수선공을 기다리는 동안 깨진 부엌 창문에 신문지 조각을 붙여 놓던 것처럼 말이다. 벌레가 파먹은 나무처럼 너덜너덜해진 내 공책을 보며 그녀는 말할 것이다. "완전히 좀이 슬었네요. 이것 좀 보세요, 얼마나 큰 불행이에요. 완전히 해져서 꼬락서니가 말이 아니네요." 그리고 그것을 재단사처럼 살피며, "내가 이걸 바로잡아 놓을 수 있을지 자신이 없네요. 이건 완전히 갔어요. 정말 안타깝네요. 어쩌면 여기 도련님의 가장 아름다운 생각이 들어있을 수도 있는데 말이죠. 콩브레 주민들이 말하듯 좀 벌레만큼 좋은 옷감을 잘 볼 줄 아는 것도 없어요. 좀 벌레들은 언제나 가장 좋은 천만을 골라 먹는 법이에요."

— 『되찾은 시간』[7]

마르셀이 쓰게 될 책은 모순덩어리다. 그 책은 자기가 가장 좋아하는 책을 부정하는 책이 될 것이다. 예술가는 자신이 좋아하는 작품을 그대로 따라 하는 것이 아니라 자기가 좋아하는 것에서부터 가장 멀리 떨어진 것을 만들어야 한다. 외부의 모델을 바탕으로 만드는 것이 아니라 내면에서 그를 부르는 진리를 따라가다 보면 어느새 가장 좋아하던 작품과는 전혀 다르지만 본질에서는 통하는 그만의 작품을 만들어 냈음을 마주하게 된다는 논리다.

하지만 엘스티르 샤르댕이 그랬던 것처럼, 우리가 좋아하는 것을 다시 하기 위해서는 좋아하는 바로 그것을 포기하는 수밖에 없다. … 내가 쓰게 될 책은 『천일야화』만큼이나 긴 책이 되겠지만, 또한 전혀 다를 것이다. 우리가 어떤 작품을 사랑하면 그것과 같은 것을 만들고 싶지만, 그 순간의 사랑을 희생시켜야만 한다. 복종해야 할 대상은 당신의 취향이 아니라, 당신이 무엇을 좋아하는지 관심도 없고 그것을 고려하는 것을 금지하는 진리다. 우리가 그와 같은 진리를 따를 때 비로소 우리가 포기했던 것을 되찾을 수 있으며, 전혀 다른 시대의 새로운 '아라비안 이야기' 혹은 '생시몽의 회고록'을 썼음을 깨닫게 된다.

— 『되찾은 시간』[8]

위 인용문 시작에서 언급하는 엘스티르는 『잃어버린 시간을 찾아서』에 등장하는 허구의 화가다. 마르셀은 엘스티르의 그림 앞에서 일상의 익숙한 사물과 풍경이 화가의 새로운 시선을 통해 전혀 다른 아름다움을 띠고 표현된 것을 봄으로써 시선의 중요성을 깨닫는다. 이런 면에서 소설 속 엘스티르는 프랑스의 18세기 정물화가인 샤르댕의 아바타라고 할 수 있다. 소박한 정물의 정갈한 아름다움과 정제된 친밀함을 표현한 샤르댕은 그래서 프루스트의 인용문 안에서 엘스티르와 동일 인물인 듯 '엘스티르 샤르댕'으로 언급된다.

프루스트가 가장 좋아하고, 또 『잃어버린 시간을 찾아서』에서 여러 번 언급하는 책으로는 페르시아 및 인도 등지에서 민담과 전설의 형태로 전해 내려오던 이야기, 말 그대로 천 개에 달하는 이야기를 아랍어로 엮은 『천일야화』, 그리고 17세기 태양왕 루이 16세가 군림하던 베르사유 왕궁을 비롯 권력의 핵심부에서 지내며 자신의 경험을 50여 년 동안 170여 권의 공책에 담은 생시몽의 『회고록』이 있다. 그리고 이 두 책은 프루스트가 그의 책을 구상하면서 가장 따라 하고 싶어 한 모델이었다. 그러나 자신이 좋아하는 것을 포기할 때, 자신의 내면에서 올라오기 위해 안간힘을 쓰는 진리의 목소리에 귀 기울일 때, 프루스트는 그만의 진정한 예술 작품을 빚을 수 있음을 안다. 그리고 진리만이 복종해야 할 유일한 절대자임을 믿고 따랐다. 그렇게 해서 만들어 낸 최종 결과물은 모순적이게도 그가 가장 좋아하지만 의식적으로 멀리하려고 한 『천일야화』와 『회고록』을 닮았으면서도 전혀 다른 『잃어버린 시간을 찾아서』다.

프루스트에게 예술창작은 고통이면서 희열이다. 김연수 작가는 『소설가의 일』에서 "토가 나올 때까지 쓴다"고 했다(같은 책의 첫 페이지에서 저자는 그해의 계획 중 하나로 『잃어버린 시간을 찾아서』 완독을 선언한다!). 소설을 쓴다는 것은 토를 나오게 할 만큼 힘들고 고통스러운 일이리라. 그런데 왜 소설가는 그와 같은 고통을 스스로 부과할까? 투악질이 나올 만큼 괴로움을 겪고, 그 과정을 견디며 만들어 낸 소설. 그것을 완성한 작가의 희열을 감히 상상해 본다. 어린 시절 동경하던 축구 우상과 한 팀에서 뛰게 된 신입 선수, 수년간의 오디션 낙방 이후 자신이 만들고 부른 곡으로 골든글로브를 수상한 음악가. 누구라도 자신이 원하는 무엇을 실현하기 위해 여러 어려움을 겪고 고통조차도 견딘 사람이라면, 그 과정 끝에 마침내 자신의 머릿속에만 존재하던 그것에 실체를 부여하고 완성해 본 사람이라면, 작가가 소설의 잉태와 출산에 따른 고통 이후에 느낄 희열을 조금은 상상할 수 있을 것이다.

그런데 책을 쓰는 것도 고통이지만, 그런 책을 쓰기 위해서 선행되어야 할 경험 또한 고통과 관련되어 있다. 위대한 소설은 삶의 진리를 담고 있어야 하는데, 삶의 진리를 담기 위해서는 삶을 지배하는 법칙을 깨우쳐야 하고, 삶의 법칙을 깨우치기 위해서는 고통을 겪어 봐야 한다는 것이다.

행복만이 육체에 이롭다. 하지만 정신의 힘을 키우는 것은 고통이다. 고통은 습관, 의심, 경박함, 무관심의 잡초를 제거하면서 우리에게 매번 진리를 제시하고, 사물을 진지하게 대하는 데 필수불가결한 원칙을 발견하게 하지 않던가? 그렇게 깨우친 진리는 행복이나 건강과 양립하지 않으며, 삶과도 마찬가지다. 고통은 죽일 수도 있다. 고통이 너무 큰 경우 혈관을 돌출시키고, 관자놀이를 따라 치명적인 굴곡을 길게 만든다. 그렇게 해서 노년의 렘브란트, 베토벤은 나중에 모든 이들로부터 조롱받게 된 좀 먹은 끔찍한 얼굴을 하게 된다. 심장의 고통만 아니었다면 그까짓 눈 밑 처진 살이나 이마의 주름 따위는 아무것도 아닐 수도 있다. 하지만 힘은 다른 힘으로 변할 수도 있으니까, 끓어오르는 열정은 빛이 되고, 번개의 에너지는 사진을 찍을 수도 있으니까, 심장을 강타한 말 못 할 괴로움은 그것이 매번 만들어 내는 가시적 흔적을 뛰어넘을 수 있으니까, 고통이 우리에게 선물하는 영혼의 자양분을 위해 육체의 와해를 받아들이자. 몸이 망가지도록 내버려 두자. 삶이 채찍질을 당하는 동안 육체로부터 떨어져 나간 부분들이 이번에는 빛나는 조각들이 되어서, 재능 있는 사람에게는 필요 없을 고통이 그것을 견딘 자의 작품에 덧붙여져 한층 단단하게 만들 테니까.

—『되찾은 시간』[9]

마르셀은 자신감 넘치는 성격은 아닌 듯하다. 수십 년 전, 엄마 품에 뛰어든 '취침 사건'이 벌어진 그날 밤을 자신의 의지가 가장 강했던 날로 여기고 있다. 그날 밤을 기점으로 마르셀은 의지도, 건강도 점점 줄어들었다고 한탄한다. 그날 밤은 아버지에게서 어머니를 빼앗아 온 오이디푸스의 밤, 어머니의 흰머리를 갑자기 늘어나게 만든 존속살해의 밤, 모든 원죄의 밤이다. 그날부로 마르셀은 자신의 삶이 내리막길에 들어섰다고 자괴감에 빠져 회상한다.

아!『프랑수아 르 샹피』를 서재에서 본 순간 내가 떠올렸던 유년기의 밤에 내게 있었던 힘이 지금 이 순간에도 있다면! 어머니가 당신의 의지를 꺾은 그날 밤은 할머니가 천천히 죽음에 가까워짐과 함께 나의 의지와 건강이 약해지기 시작한 기점이었다. 어머니의 얼굴에 입을 맞추기 위해 다음 날까지 도저히 기다릴 수가 없어서 침대에서 뛰쳐나와 잠옷 차림으로 달빛이 들어오는 창문 앞에 자리 잡고 앉아 스완 씨가 떠날 때까지 기다리기로 결심한 순간, 모든 것이 결정되었다. 부모님은 그를 배웅했고, 정원 문이 열리고, 종이 딸랑거리고, 문이 닫히는 소리를 들었다…

그러자 나는 갑자기 나의 작품을 완성할 힘이 내게 아직 남아 있다면, 나의 작품에 대한 생각과 그것을 실현시키지 못할까 두려움을 동시에 일으킨 오늘 오후는 ─예

전에 콩브레에서 나를 뒤흔들어 놓곤 했던 날들과 마찬
가지로— 내가 어린 시절 콩브레의 성당에서 느끼고는
했던 형태, 보통은 우리에게 보이지 않는 시간의 형태를
나의 작품에 부여하리라는 사실을 깨달았다.

—『되찾은 시간』[10]

그런데 과연 그런가? 유년 시절 가지고 있었으나 이제는
더 이상 없다고 믿는 힘이 정말로 모두 사라진 것일까? 겉으
로 드러나는 게 전부가 아닐 수도 있다는 사실을 화자는 이미
다양한 인물들을 통해 거듭 증명했다. 마르셀 또한 스스로를
묘사하는 것처럼 그리 나약한 사람이 아닐 수도 있다.

마르셀은 죽음조차도 두려워하지 않는 모습을 보인다. 그
가 죽음을 의식하고 경계한다면, 그것은 자신의 안위를 위해
서가 아니라 자신의 작품을 완성하지 못하고 죽을까 봐 느끼
는 초조함에 기인한다.

이와 같은 연속적인 죽음들로 인해 —모든 것을 소멸
시킬 것이기에 과거에 내게 그토록 큰 두려움의 대상이

었던 죽음은 일단 발생하면 더 이상 상관없고, 감미롭기까지 하기에, 그것을 두려워하던 자는 그것을 느끼지 못하고 사라졌을 것이기에— 나는 죽음을 두려워하는 것은 그리 현명하지 못하다는 사실을 얼마 전에 깨닫게 되었다. 그런데 이렇게 내가 죽음에 무심하게 된 지금, 나는 다시금 죽음을 다른 의미에서 두려워하게 되었다. 나를 위해서가 아니라 내 책을 위해서였고, 책이 부화하기 위해서는 적어도 그토록 많은 위험이 도사리고 있는 삶이 어느 정도는 유지되어야 하기 때문이다. 빅토르 위고는 말한 바 있다. "풀은 자라나고, 아이들은 죽어야 한다." 나는 무자비한 법칙에 따라 사람들은 죽고, 모든 고통을 소진하며 우리도 죽어야 한다고 말하겠다. 우리의 무덤 위로 망각의 풀이 아닌 영원한 삶의 풀, 비옥한 예술 작품을 자양분 삼은 무성한 풀, 그 아래 잠들어 있는 사람들 걱정 없이 새로운 세대가 쾌활하게 모여 그들만의 '풀밭 위의 점심 식사'를 할 수 있는 풀이 자랄 수 있도록 말이다.

— 『되찾은 시간』[11]

죽음이 두렵지 않다고 하는 것이 그저 허세에 불과한 게
아니다. 프루스트가 죽음을 두려워하지 않을 수 있는 이유는
그가 이미 다양한 죽음을 경험해 보았기 때문이다. 알베르틴
을 그토록 사랑하던 그 시절의 나는 그녀의 죽음에 더 이상 아
무 감정도 느끼지 못하는 지금의 나와 동일한 인물이 아니다.
알베르틴을 사랑하던 과거의 나는 죽었다. 소설을 완성할 미
래의 나는 아직 그것을 쓰지 않은 현재의 나가 아닐 것이다.
나의 소설을 완성한 미래의 나에게 자리를 내주기 위해 현재
의 나는 죽을 것이다. 우리의 삶은 이러한 수많은 다양한 '나'
로 이루어져 있기에 프루스트에게 물리적 죽음은 그가 앞서
겪은 과거 여러 명의 '나'의 죽음들 중 하나에 불과하지 않는
다고 생각하는 것이다.

발자크의 대표작 중 하나인 『고리오 영감』에 라스티냐크
라는 순수하면서도, 영리하고, 야심찬 청년이 등장한다. 성공
에 대한 꿈을 안고 시골에서 파리로 상경하지만, 인간 사회의
비리와 타락에 환멸을 경험한다. 고리오 영감의 장례를 치른
이른 아침, 라스티냐크는 동트는 파리를 묘지의 언덕에서 내
려다보며 외친다. "파리, 이제 너와 나의 대결이다!" 마르셀이

"혼자 남은 라스티냐크는 묘지 위쪽을 향해 몇 걸음 옮겼다. 그곳에서 센강의 양쪽 연안을 따라 굽이치며 누워 있는 파리를 보았다. 강 쪽에는 여명이 빛나고 있었다. … 그는 다음과 같이 야심찬 말을 내뱉었다. '이제 너와 나의 대결이다.'"
오노레 드 발자크, 『고리오 영감』, 샤를 위아르 판화.

라면 이렇게 속삭일 것만 같다. "예술, 앞으로 잘 부탁해."

『되찾은 시간』의 결론은 예술에 대한 열망이며, 창작이 주는 희열이다. 자신이 아무리 보잘것없어도 할 수 있다는 용기이며, 하고 싶다는 욕망이다. 어떠한 어려움도 극복할 수 있다는 자신감이며, 견뎌내야 한다는 사명감이다. 잃어버린 시간 되찾기이며, 승리의 쟁취다. 베토벤 9번 교향곡 환희의 송가이며, 미켈란젤로의 천지창조다. 『되찾은 시간』의 결말이 높은 하늘에서 펼쳐지는 불꽃놀이의 장엄한 피날레라면, 웬만한 여타 소설들은 그 불꽃놀이 아래에서 아이가 터뜨리는 장난감 폭죽 같다.

프루스트의 손을 잡고 긴 여행을 떠났던 독자는 이제 집으로 돌아왔다. 하지만 여행에서 돌아온 독자는 집을 떠나기 전의 내가 더 이상 아님을 느낄 것이다. 프루스트를 읽기 전과 후, 변화한 자신을 맞이할 것이다. 마르셀의 용기를 조금은 얻었고, 나도 할 수 있겠다는 자신감도 조금 더 생겼다. 인간과 삶을 조금 더 깊고 넓게 볼 수 있는 시야를 갖게 되었다. 무엇보다 삶에서 실패와 시련을 겪을 때, 내 자신을 잃지 않고 그것들을 견뎌낸 후의 나는 한층 단단해져 있을 것이라는 믿음이 생겼다. 알랭 드 보통이 프루스트가 우리의 삶을 바꿀 수 있다고 했을 때, 그 스위스 철학자의 말은 하나도 틀린 게 없다.

우리의 가장 큰 두려움은 가장 큰 열망과 마찬가지로
우리의 능력 너머에 있지 않다. 우리는 결국 두려움을 지
배하고, 열망을 실현할 수 있다.

—『되찾은 시간』[12]

# 주석

## 1. 기억

1   I, p. 43.

2   *Contre Sainte-Beuve* précédé de *Pastiches et mélanges* et suivi de *Essais et articles*, Gallimard, Pléiade, 1971, p. 558.

3   *Ibid.*, pp. 558-559.

4   III, pp. 152-153.

5   IV, p. 112.

6   II, p. 3.

7   IV, pp. 446-447.

8   *Contre Sainte-Beuve, op. cit.*, p. 211.

9   *Ibid.*, p. 216.

10   IV, p. 621.


## 2. 시간

1   II, pp. 110-111.

2   III, pp. 752-753.

3   IV, pp. 437-438.

4   IV, pp. 514-515.

5   IV, p. 510.

6   IV, p. 513.

7   II, pp. 660-661.

8   II, p. 229.

9   IV, p. 625.


## 3. 반전

1   I, pp. 33-36.

2   I, p. 38.

3   I, p. 138.

4   I, pp. 139-140.

5   IV, pp. 269-270.

6   I, p. 19.

7   I, p. 133.

8   IV, p. 268.

9   IV, p. 468.

10   II, p. 191.

11   II, p. 192.

12   *Correspondance*, Tome V, Philip Kolb (éd.), Plon, 1979, p. 43.

13   IV, pp. 444-445.

14   IV, pp. 608-609.

15   IV, p. 445.


## 4. 디테일

1   Henri Ghéon, "Du côté de chez Swann", *La Nouvelle Revue Française*, 1<sup>er</sup> janvier
    1914, in Marcel Proust, *Du côté de chez Swann*, Antoine Compagnon (éd.),

Gallimard, folio, 1987, p. 454.

2   *Pastiches et mélanges, op. cit.*, p. 124.

3   *Ibid.*, pp. 125-126.

4   I, p. 381.

5   *Pastiches et mélanges, op. cit.*, p. 126.

6   I, pp. 43-44.

7   *Pastiches et mélanges, op. cit.*, pp. 71-72.

8   IV, p. 424.

9   III, pp. 582-583.

10   '스완의 사랑' 이야기를 하는 부분에서는 예외적으로 3인칭으로 서술함을 상
     기하자.

11   III, p. 663.

12   I, pp. 13-14.

13   IV, pp. 623-624.

14   Céleste Albaret, *Monsieur Proust. Souvenirs recueillis par Georges Belmont*, Robert
     Laffont, 1973, pp. 402-403.

15   IV, p. 618.


## 5. 유머

1   II, pp. 882-884.

2   II, p. 884.

3   III, pp. 732-733.

4   III, p. 828.

5   I, p. 67.

6   I, p. 124.

7  II, p. 45.

8  II, p. 46.

9  II, p. 54.

10  II, p. 53.

11  I. pp. 106–107.

12  II, p. 721.


## 6. 사랑

1  IV, p. 111.

2  I, pp. 172–173.

3  II, pp. 189–190.

4  II, p. 153.

5  IV, p. 23.

6  IV, p. 491.

7  IV, p. 487.

8  IV, pp. 486–487.

9  II, p. 3.

10  I, p. 303.

11  IV, p. 487.


## 7. 예술

1  IV, pp. 609–610.

2  III, pp. 692–693.

3  IV, pp. 620–621.

4   IV, p. 474.

5   *Pastiches et mélanges, op. cit.*, p. 129.

6   IV, pp. 460-461.

7   IV, p. 611.

8   IV, pp. 620-621.

9   IV, pp. 484-485.

10  IV, pp. 621-622.

11  IV, p. 615.

12  IV, p. 612.

## 참고문헌

### 1차 문헌

PROUST, Marcel, *À la recherche du temps perdu*, 4 vol., Jean-Yves Tadié (éd.), Gallimard, Pléiade, 1987-1989.

―――――, *À la recherche du temps perdu*, 7 vol., Antoine Compagnon et al. (éd.), Gallimard, folio, 1987-1990.

―――――, *Contre Sainte-Beuve* précédé de *Pastiches et mélanges* et suivi de *Essais et articles*, Pierre Clarac (éd.), Gallimard, Pléiade, 1971.

―――――, *Correspondance de Marcel Proust*, 21 vol., Philip Kolb (éd.), Plon, 1970-1993.

마르셀 프루스트, 『잃어버린 시간을 찾아서』, 총 11권, 김창석 옮김, 국일미디어, (1998) 2010.

―――――, 『잃어버린 시간을 찾아서』, 총 3권, 민희식 옮김, 동서문화사, 2010.

―――――, 『잃어버린 시절을 찾아서』, 총 12권, 이형식 옮김, 펭귄클래식, 2015-2019.

______________,『잃어버린 시간을 찾아서』, 총 13권, 김희영 옮김, 민음사, 2012-2022.


## 2차 문헌

ALBARET, Céleste, *Monsieur Proust. Souvenirs recueillis par Georges Belmont*, Robert Laffont, 1973.

BARTHES, Roland, "Proust et les noms", *To Honor Roman Jakobson: Essays on the Occasion of His Seventieth Birthday*, 11 October 1966, t. I, Mouton, 1967, pp. 150-158.

______________, "Une idée de recherche", *Recherche de Proust*, Gérard Genette et Tzvetan Todorov (dir.), Seuil, 1980, pp. 34-39.

COLLECTIF, *Hommage à Marcel Proust*, *La Nouvelle Revue Française*, t. XX, Gallimard, 1923.

__________, *Lire et relire Proust*, Antoine Compagnon (dir.), Éditions Cécile Defaut, 2014.

COMPAGNON, Antoine, "Proust antimoderne", *Marcel Proust 7*, lettres modernes minard, 2009, pp. 243-258.

DE FALLOIS, Bernard, *Sept conférences sur Marcel Proust*, Éditions de Fallois, 2019.

DELEUZE, Gilles, *Proust et les signes*, Presses Universitaires de France, (1964) 2014.

GRENIER, Laurence, *Les sept leçons de Marcel Proust*, Éditions de la spirale, 2013.

GRACQ, Julien, *Proust, suivi de Stendhal*, *Balzac*, *Flaubert*, *Zola*, Éditions Complexe, 1986.

JOHNSON Jr., John Theodore, "Proust, Ruskin, et la petite figure au portail des libraires à la cathédrale de Rouen", *Bulletin Marcel Proust*, vol. 23, 1973, pp. 1721–1736.

MAUROIS, André, *De Proust à Camus*, Librairie Académique Perrin, 1963.

MANSFIELD, Lester, *Le comique de Marcel Proust*, Librairie Nizet, 1953.

POULET, Georges, "Proust", *Études sur le temps humain I*, Plon, 1952, pp. 400–438.

RAIMOND, Michel, *Le roman depuis la Révolution*, Armand Colin, (1967) 1981.

RUSKIN, John, *The Seven Lamps of Architecture*, The Waverley Book Company, (1849) 1920.

WHITE, Edmund, *Jean Genet*, Philippe Delamare (trad.), Gallimard,

1993.

사뮈엘 베케트, 『프루스트』, 유예진 옮김, 워크룸프레스, 2016.

알랭 드 보통, 『프루스트가 우리의 삶을 바꾸는 방법들』, 박중서 옮김, 청미래, 2023.

유제프 차프스키, 『무너지지 않기 위하여: 어느 포로수용소에서의 프루스트 강의』, 류재화 옮김, 풍월당, 2021.

이성복, 『프루스트와 지드에서의 사랑이라는 환상』, 문학과지성사, 2004.

이형식, 『마르셀 프루스트: 희열의 순간과 영원한 본질로의 회귀』, 민음사, 1984.

프루스트의
『잃어버린 시간을 찾아서』
읽기

· 세창명저산책은 계속 이어집니다.